U0404108
青鸟童书
只做对得起时间的书

这才是
孩子爱读的
三国
全 8 册 ④ 三顾茅庐
演义
[明] 罗贯中 - 原著 梁爱芳 - 编著 燕子青 - 绘
北京理工大学出版社
BEIJING INSTITUTE OF TECHNOLOGY PRESS

图书在版编目（CIP）数据

这才是孩子爱读的三国演义．三顾茅庐 /（明）罗贯中原著；梁爱芳编著；燕子青绘．-- 北京：北京理工大学出版社，2024.3

ISBN 978-7-5763-3125-7

Ⅰ．①这…　Ⅱ．①罗…　②梁…　③燕…　Ⅲ．①《三国演义》—少儿读物　Ⅳ．① I242.4

中国国家版本馆 CIP 数据核字（2023）第 224128 号

责任编辑： 申玉琴　　　**文案编辑：** 申玉琴
责任校对： 刘亚男　　　**责任印制：** 施胜娟

出版发行 / 北京理工大学出版社有限责任公司
社　　址 / 北京市丰台区四合庄路 6 号
邮　　编 / 100070
电　　话 /（010）68944451（大众售后服务热线）
（010）68912824（大众售后服务热线）
网　　址 / http: //www.bitpress.com.cn

版 印 次 / 2024 年 3 月第 1 版第 1 次印刷
印　　刷 / 三河市金元印装有限公司
开　　本 / 880 mm × 1230 mm　1/16
印　　张 / 8
字　　数 / 95 千字
定　　价 / 299.00 元（全 8 册）

主要人物

目录

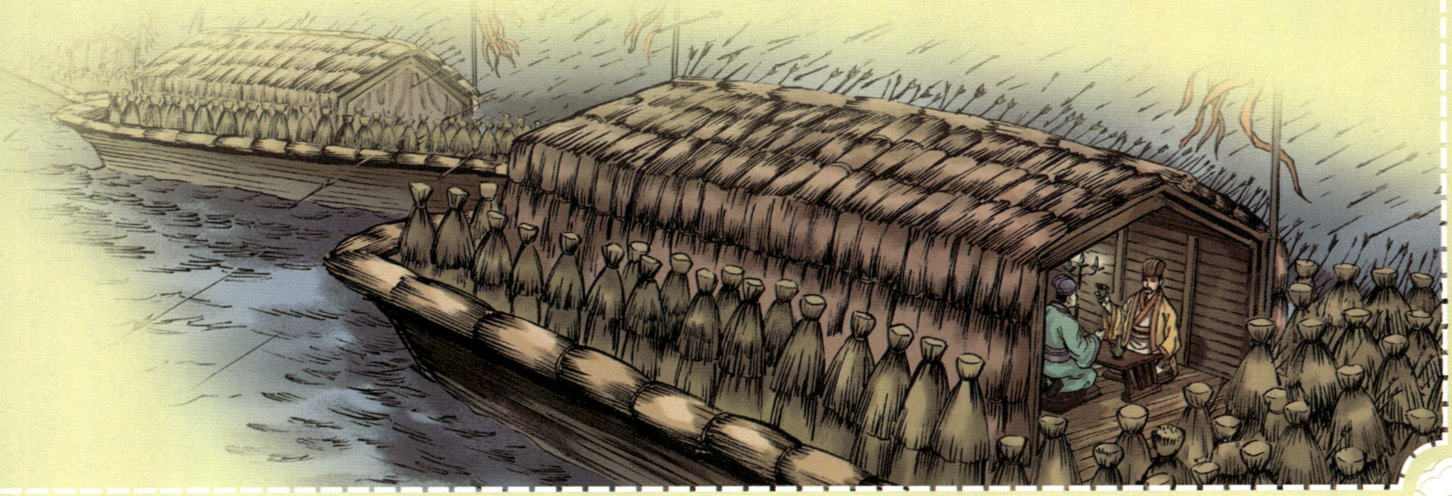

曹操设计诳徐庶

——忠孝难两全的困局

话说，刘备九死一生从襄阳宴会脱险后，被的卢马驮着狂奔乱走，渐渐迷失了路途，直到太阳西斜，不远处传来的悠悠短笛声，才让他猛然惊醒。

“我这是在哪里？”

“玄德公，是你吗？”一个稚嫩的童声响起，刘备猛抬头，就看见一个小小的牧童，梳着总角，骑在黄牛背上，睁着圆溜溜的眼珠上下打量着他。

刘备惊诧地问：“你怎么知道我的名字？”

牧童哈哈大笑，说：“我师父说刘玄德长得独一无二，身长七尺五寸，有两只大耳朵，双手能过膝。天底下还能找出第二个长成这模样的人吗？”

童言无忌，天真烂漫，刘备听得哈哈大笑，说：“你师父是高人啊！”

“那是自然，我师父是水镜先生司马徽。”

刘备向来爱才，司马徽的大名如雷贯耳，他怎能不知？当下立刻请求牧童带他去登门拜访。

水镜先生长得仙风道骨，一双眼睛烁烁放光，只看了刘备一眼便笑道：“玄德公，你近来晦气得很呀！”

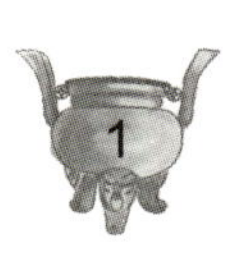

刘备想到自己屈居于刘表之下，接连遭蔡氏谋害，不由得摇摇头，紧跟着苦笑一声，说："真是瞒不过水镜先生，大概是我命中多灾多难吧。"

"不是的，"水镜先生摇了摇头，接着说："你落魄的根源，在于你身边没有可用的人才。"

刘备说："我虽然没有什么才能，身边却也有几个得力臂膀相助。我的结义兄弟关羽、张飞自然不必说，武将还有赵云，谋臣还有糜竺、简雍，先生怎么能说我身边没有人才呢？"

水镜先生哈哈大笑，说："武将不评价，但你的这些谋臣，只不过是些庸才，成就大事需要智囊！"

刘备立刻躬身施礼，问："求教先生，到哪里能寻到这样的大才？"

水镜先生高深莫测地说："天下奇才卧龙、凤雏，这两个人，你得到一个就能成事。"

刘备急忙追问谁是卧龙、谁是凤雏，但水镜先生笑了笑，说："天机不可泄露，有缘自会相遇。今天天色已晚，玄德，你就歇在我这里吧。"

刘备见水镜先生不再开口，只得跟着小童子去卧房歇息。

"卧龙、凤雏……究竟是什么人呢？他们在哪儿呢……"刘备躺在床上睡不踏实，翻来覆去，胡思乱想。

半梦半醒间，他隐约听到隔壁传来两个人的对话声，一个是水镜先生，另一个男子的声音陌生得很，也听不真切，但中年人那长吁短叹中包含的凄凉落寞，倒是让刘备印象深刻。又听他说什么天下，什么英雄，似乎是满腹才华不得施展。但刘备这两天实在困乏得很，怎么也睁不开眼睛。

"这个人是谁？不会就是卧龙、凤雏中的一个吧？"他迷迷糊糊地想。

不知什么时候，窗外下起了雨，滴滴答答，好像催眠的鼓点，让刘备在不知不觉中沉沉睡去，再醒来已是天光大亮。

他急忙翻身起来，径直来到水镜先生的面前，问道："昨天夜里和先生谈话的人，是卧龙还是凤雏？"

水镜先生大笑起来："哈哈哈！都不是。你倒是求贤若渴，都成痴了！好！好！"

刘备又问："那他是谁？"

无论刘备再问什么，水镜先生都闭口不答，只让刘备喝茶谈天，但他那双炯炯有神的眼睛却一直在观察刘备脸上的神色。

刘备索性厚着脸皮一揖到底，说："我刘备才疏德薄，请先生助我成就大事！"

水镜先生毫不迟疑地拒绝了，他说："老夫已是风烛残年，哪有力量辅佐明公呢？玄德，你还是耐心访一访吧，缘分到了，自然有高人助你。"

此时，回新野没有找到刘备的赵云，又和张飞一起寻到了水镜先生这里。张飞一见到刘备便大呼小叫道："大哥，我们可算找到你了！"

刘备连忙制止道："翼德，低声，别扰了水镜先生的清净。"

"什么劳什子先生？是不是他强行把你扣押在这里的？"

刘备见他越说越失礼，连忙向水镜先生辞行，扯着张飞的袖子走出茅庐，回新野去了。

几天以后，刘备在市集上遇到一个奇人，他长得瘦削精干，貌不惊人，身穿布衣，头戴葛巾，旁若无人地唱着歌谣，尽是些什么"大厦将倾""要投明主"之类的话，众人都对他指指点点，以为是个疯子，唯有刘备听了这几句歌谣，先是眉头一皱，旋即心里乐开了花。

"这不就是我昼思夜想的高人吗？"

刘备立即下马，上前行礼，问："请问阁下是卧龙还是凤雏？"

"哈哈哈！"那布衣男子仰天大笑，"你的眼光未免短浅，这世上难道只有卧龙、凤雏两位谋士？"

一句话让刘备面红耳赤，他赶忙再深施一礼，诚恳地说："先生恕罪！"

这个布衣男子自报家门，原来他名叫单福，就是那晚在水镜先生家里夜谈的人。他有一身的才华抱负，想投身明主，做一番轰轰烈烈的大事业，不料总有人把他这颗珍珠当成鱼目。来到新野之后，他听到老百姓都在歌颂刘备的仁爱之心，便故意在刘备路过的市集上制造了一场“偶遇”。

一番彻夜交谈后，单福忍不住心中感慨：“刘备果然是个谦谦君子，莫非他就是挽救汉室危局的天选之人？这样的人若是能够面南而坐，是天下人的福气。”

而刘备也对单福的才华、胸襟有了深入了解，这才明白为什么水镜先生说糜竺和简雍之流算不上智囊了。就这样，单福当上了刘备的军师，开始在新野暗中操练兵马，等待一飞冲天的机会。

此时的曹操人在许都，可他早就派曹仁驻扎樊城，紧紧盯着荆州这块肥肉。刘备在新野的所作所为，自然很快就被曹操知道了。在他的授意下，曹仁派了兵马去攻打新野。

“仅仅派出五千人，这是瞧不起谁呢？”单福打探得消息后，不由得一声冷笑，从容不迫地调兵遣将，只用两千人就把曹仁派来的军队打败，连率兵的主将都有来无回。

曹仁不服，当夜沙场点兵，亲自率领两万五千人进攻新野。单福指挥若定，不仅把曹仁打得落花流水，还趁机占领了樊城。这下曹仁真是输得里子面子都没了，只得狼狈逃回许都，等着去挨曹操的责骂。

曹操听完良久沉默，丢了樊城尽管很让他恼怒，可刘备取樊城的手段如此狠辣，一气呵成，与以前大不相同，身后必然有高人支招，这才是最大的隐患！

于是，曹操问曹仁：“刘备的军师是谁？”

曹仁说：“不过是糜竺、孙乾之流吧。”

程昱说：“曹将军，刘备手下应该是新来了谋士，难道你丝毫不知情？”

曹仁想了想，说："刘备身边确实多了个陌生人，先生怎么知道？"

程昱笑了笑，答非所问："那人长什么模样？什么打扮？"

"身材瘦削，一身灰色布衣，头戴儒生方巾。好像叫单福。"

"是了，就是他！"程昱大笑，"什么单福？他就是徐庶！"

说罢，程昱就把徐庶的生平来历详细地讲给曹操听。曹操向来爱才，帐下谋士过百、名将过千，他依旧觉得多多益善。于是马上询问："这个徐庶经历倒是很传奇，不知道本事如何？"

程昱毫不犹豫地答道："胜过我十倍。"

"什么？"曹操直嘬牙花子，"这样的活宝贝又被刘备得着了？他倒是命好！"

程昱笑道："丞相大人，您想要徐庶，其实一点也不难……"

"怎么说？"曹操一听就来了兴致，他这个人就喜欢抢别人手里的东西，无论是人还是物，特别是刘备的。当年青梅煮酒论英雄，竟然被刘备忠厚老实的外表骗过了，这才导致今日的祸患。每每想到这一节，曹操就恨得牙根痒痒。

"只要是活人，就会有软肋，只要掐住他的软肋，还怕他不就范？"程昱说着上前一步，凑近曹操的耳朵，"徐庶的弱点就是孝。"

"孝？"

程昱胸有成竹般点点头，说："徐庶乃是至纯至孝的人，他与母亲相依为命，只要让他母亲写封信，徐庶就是远在天边，也会马上飞回来。"

曹操大喜，命人将徐庶的母亲请到府中相见。徐庶的母亲听完曹操的说辞后，一张慈眉善目的脸顿时由晴转阴，她怒喝道："曹丞相，你何必要来诓骗我！我虽是一介女流、年过半百，却也不聋不瞎，知道是非曲直。刘皇叔是汉室正统，我儿元直辅佐他是良才遇明主，怎么到了你的嘴里竟如此不堪？你把刘皇叔污蔑成逆贼，可天地昭昭，乾坤朗朗，谁是匡扶汉室的英雄，谁是欺君罔上的奸贼，自有公论……"

曹操的脸一阵红一阵白，再也听不下去，他用几声粗暴的高喊打断徐母："把这个疯婆子给我押出去砍头，立刻！"

程昱赶忙拦住曹操，说："丞相息怒，万万不可啊！您要是杀了徐元直的母亲，会让天下士子寒心！"

曹操的火气顿时小了一半，命人把徐母带下去关押。等四下无人时，程昱才道："丞相何必急于一时，徐家母子的性格都是宁折不弯的，来硬的不行。您给我一个月时间，我自有妙计。"

紧接着程昱去牢房里把徐母接出来，自称是徐庶的好朋友，且已经上下打点，在曹丞相面前求下了情，免去了徐母的死罪，还说：

"我和元直比兄弟还亲，能够替他在您膝下尽孝，是我应该做的。"

程昱这张嘴把谎言说得天花乱坠，徐母怎么能辨别？她便稀里糊涂地住进了程昱安排的院落。自此，隔三岔五，程昱就派人送些点心、果子等新鲜花样的吃食，还亲笔写几句问候的话，一并派人送到徐母手里。徐母出身大家，识文断字，知书达理，于是也依照礼仪，写了短笺感谢程昱。

不想，恰恰中了程昱的诡计。

十几天之后，程昱写了一封信，连同徐母的短笺，递到曹操手上，问："丞相大人，您看这两页纸上的字迹一样吗？"

曹操反复端详了几遍，才说："看起来像是同一个人所写，而且是个妇人手笔。"

程昱不无得意地笑道："哈哈哈哈！小人模仿笔迹的功力可还行？"

"这封信是你模仿徐母所写？"

"正是。"

曹操使劲一拍程昱的肩头，说："好！这信上的话正合我意！"

"您还担心徐庶不来吗？"

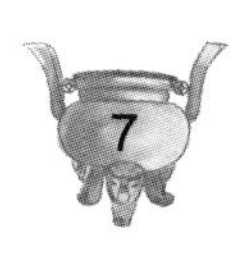

“不担心了，徐庶可是远近闻名的大孝子。”

远在新野的徐庶，很快就拿到了“母亲的亲笔书信”。“母亲”在信中说，曹操已经软禁了自己，只有他归顺曹操，才能免去一死。

徐庶泪流满面，拿着书信径直闯入刘备房间，“扑通”一声跪倒在地，倒把刘备吓了一跳。

“主公，小人并不是单福，只因闯了祸，才隐姓埋名。我的真名叫徐庶，颍川人氏。现今曹操拘押了我的母亲，要我去降他……我先尽人子之孝，如果以后有机会，再来主公帐下尽忠吧……”

刘备好不容易得到一个智囊，尚且没有一展宏图，心中十分不舍得放徐庶离去。但他宅心仁厚，自然明白徐庶的为难之处，只得成全徐庶。

刘备抹着眼泪说：“先生，我理解你的苦衷，今日一别，不知何时才能再见，请让我置酒为你送行。”

于是，刘备让张飞、关羽等人提前去城外长亭置办送行酒，他与徐庶在后面慢慢骑马出城，至长亭下马，几人饮酒相辞。

徐庶渐行渐远，刘备的眼泪不停淌下。忽然，徐庶又掉转马头奔来，刘备顿感意外，拍马迎上去。

张飞在背后小声嘀咕：“就这些念书的人花花肠子多，明明走了又回来，到底走不走？麻烦得很！”

刘备问：“元直，你是不用离去了吗？”

“不，主公，我只是忘了一句顶要紧的话，非告诉您不可。我走了以后，您马上去襄阳城外二十里的隆中寻访高士，他的韬略远胜过我，可以助您逐鹿中原。”

“他是谁？”

“诸葛亮。”

三国名士的主要工作是「鉴人」

在本回中，刘备巧遇名士水镜先生司马徽，从他嘴里得到两个智囊人选——卧龙、凤雏，然后就对这两个人日思夜想。大家可能会疑惑：为什么刘备这么相信司马徽的举荐呢？

答案就是：在两汉三国时期，所谓社会名士的主要工作之一就是“鉴人”。那时候没有科举考试，一个人想做官，就得让那些名士知道自己，通过名士的举荐登上仕途。从一定意义上来说，名士就是古代版的“猎头”啊！所以名士的评价，无论是褒是贬，都能让一个青年迅速成名，袁绍之类的世家子弟都对名士很忌惮，担心被他们贬低名声。

东汉末年，有个名士叫许劭，是著名人物评论家。他善于品评人才，每月都会定期举办“月旦评”——也就是人才榜，对杰出人才进行品评。凡是被他点评过的人，一定会声名大噪，天下皆知。曹操就是这样从一个社会不良青年走入官场的，“治世之能臣，乱世之奸雄”这顶大帽子也是许劭送给曹操的。

刘备两请诸葛亮

——卧龙不是想见就能见到的人

徐庶只当自己的老母亲已经落入曹操手中做了人质，心急如焚，日夜兼程赶到许都，先拜见曹操，才见到母亲的面。

徐母一见儿子突然归来，大惊失色，待得知前因后果，险些把老太太气得昏厥，她也顾不得体面端庄，先骂曹操，后骂徐庶，直骂得徐庶满脸通红，不停地磕头认错。

“蠢材！你竟然背弃刘备，与曹贼同流合污，你简直辱没了徐家门楣，还有什么脸面活在世上？”

徐母的话句句如重锤，把徐庶的心都击碎了，当夜他就跪在堂上，任由那些诛心之语在他心上一遍遍翻滚，似乎唯有这样才能缓解他内心的苦痛。谁知，天亮之后，他没有得到母亲的谅解，等来的是母亲的死讯。

徐母悬梁自尽，以死亡换取人生清白，也断绝了徐庶走向曹操的路，他此生没有为曹操献出一计，后世便多了一条歇后语：徐庶进曹营——一言不发。

再说刘备，自从那天他惜别徐庶，彷徨苦闷了好多日子，那颗展宏图匡汉室的心又滚烫起来，去隆中，拜求诸葛亮出山，是当务之急。他知道，徐庶与他的分别就是诀别，此一去关山难度、重逢无期，在这诀别时刻，郑重推荐诸葛亮一定不是心血来潮，而是

忠孝难全之下对未竟事业的最后助力，也是最好的告别。

就在他去隆中的前一天，水镜先生司马徽登门拜访，听说了徐庶的事连连叹息：“中了曹操的奸计啊！如果徐庶不回去，徐母尚且能苟活于世；徐庶回去，徐母必死！”

刘备大惊失色，问：“为什么？”

“徐母出身大家，把名节看得比性命重要，宁死不会降曹。”

刘备也摇头叹息，说：“元直还能回来辅佐我吗？”

司马徽摇摇头：“徐庶既有愧于母亲，又背弃了你，怎么会有脸面回来见你呢？他更不会为曹操所用。这世上，怕是再也没有徐庶这一号人物了！”

刘备急问：“他不会……”

司马徽：“不，他会活着，只不过是一具行尸走肉罢了。”

“元直临行前向我举荐了诸葛亮。”

“哈哈！机缘啊机缘！那天你还问我谁是卧龙、谁是凤雏，你这不就知道了？”司马徽哈哈大笑，“卧龙就是诸葛亮，凤雏名叫庞统，他们俩和徐庶都是多年好友。”

刘备忙细问底细，水镜先生便将这两个人的生平介绍了一番：“几人之中，诸葛亮的韬略最高，他自比管仲、乐毅，志向在开疆拓土、定国安邦。”

刘备诧异道：“诸葛亮有点自负吧？”

水镜先生摇头：“不，要是依我说，自比管仲、乐毅都是谦虚之词，他可与姜子牙、张良比肩！”

刘备听了大喜过望，水镜先生意味深长地看着刘备，临出门时仰天大笑，说：“孔明，该着你出世，只可惜你虽得到了最好的明主，却没生在最好的时机，可惜啊！”

第二天，刘备在关羽和张飞的陪同下前往隆中，去寻访徐庶与司马徽口中的旷世奇才诸葛亮。

山中景色甚壮美，山峦起伏，瘦劲苍茫，有潺潺溪流从山林间逶迤而出，不时还有

小兽从路旁窜出。在一片茂竹的掩映下，几间茅屋木舍骤然出现在眼前。有小桥卧波，直达柴门。

一行人飞身下马，走过小桥。刘备整了整衣冠，这才轻轻叩响了柴门，这不大的几声，宛如剧场大幕拉开前的鼓点，在往后的日子里开启了一番三分天下的辉煌大戏。

“我是统领豫州的左将军宜城亭侯、中山靖王之后刘备，特来拜访卧龙先生。”

“这么多头衔，我可记不住。”闻声而来的童子淡淡地回应道。

“哦，涿郡刘备特来拜访。”

“你来得不巧，我家先生今早外出了，他去了哪里，什么时间回来，我也说不上来。”童子的回答就是逐客令，这样的碰壁情形，刘备是设想过的，但惆怅之情依旧难免。

“大哥，咱们走吧！你要见的那人又不在！”张飞不耐烦地大声嚷道。

“再等等，三弟，也许卧龙先生一会儿就回来了。”

“我们不如先回去，等先生回来了再来拜访，苦等也不是办法。”关羽提议。

刘备思忖片刻，把自己的名帖双手递给童子，又细细叮嘱他一定要呈给诸葛亮。

“哐当！”童子接过名帖，二话不说便将大门关上。兄弟三人在门外面面相觑，刘备无奈地苦笑一声，张飞有些恼，说：“也不知道这个坐龙、卧龙究竟是一条什么龙，神神秘秘，说不定是个江湖骗子！”

关羽轻声说：“三弟不可无礼，水镜先生是名士，怎么会诓骗大哥呢？”

“我看他们就是一伙的……”

刘备不悦地看着张飞，张飞硬生生地把“骗子”两个字咽进肚子里去。

回到新野的刘备被琐事消磨了一天又一天，但隔三岔五还是派人去打探卧龙先生的消息。这天终于等到卧龙先生已经回来的消息，刘备立刻招呼关羽和张飞上马，恨不得立时飞到隆中那座茅庐前。

“大哥，什么卧龙，不就是一个乡野村夫？无须这样上赶着去见他，派个人去叫他

过来。”张三爷一听大哥又要亲自登门，心里便生出一百二十个不乐意，嘴里也就直接输出了。在三爷看来，他大哥刘备是自古以来最好的大哥，能当一切人的大哥，大哥看上的人就该向他三爷看齐，无论鞍前马后，无论东挡西杀，哪怕肝脑涂地也没有半个不字，怎么能劳累大哥再次登门呢？真真是个不识抬举的家伙。

“三弟，不要胡言乱语！卧龙先生乃是当今大贤、旷世奇才，怎么能任意驱使呢？”刘备声音低沉，眼神严肃，张飞一愣，不情不愿地跟着刘备出发了。

本来就是天寒地冻的隆冬时节，老天爷也赶来凑热闹，不知从哪赶来的乌云聚集到西北，从半空铺盖到大地上。呼啸声也变得凌厉，寒风像刀子似的收割着大地上的一切，一阵接一阵抽打着马上的三兄弟，就连战马都被吹得脚步趔趄，马上的人自然摇摇晃晃。雪片跟不

要钱似的，从天直落，把这一行人紧紧包裹。

“这鬼天气，非要去找那人做什么？就该把火烧得旺旺的，架上羊腿，再灌上几坛高粱美酒……大哥，雪大路滑，咱们不如先回去吧，等天气好转了再来。”张飞又在马上大叫道。

“翼德，我不怕天气不好，只怕诸葛先生不知道我的一片真心诚意。依我看，这雪下得好，好得很，这天气也是难得的好天气。你要是不耐烦，尽可以回去吃肉烤火，我不强求。”

“大哥，我……不，不是那个意思，砍头好比风吹帽，我张飞还怕风雪？只不过是担心风雪伤了大哥的身体……”

张飞委屈地继续嘟囔了几句，被风雪声都吞没了，刘备听不真切。他的心被风雪搅乱，前方是万丈悬崖，还是柳暗花明，他毫无头绪，如同眼前的世界一样迷茫朦胧。

艰难的雪中行进之后，那扇柴门终于映入眼帘。

刘备翻身下马，掸落身上的积雪，又摘下风帽，抹去胡须上的冰碴，又一次叩响柴门。

“咯吱咯吱！”一阵清脆的踏雪声传来，还是那位童子前来迎宾。

刘备笑眯眯地说：“你家先生今日在家吗？”

“请随我进来吧。”童子答非所问，径直转身带路，引着刘备兄弟三人进入茅庐。

“淡泊以明志，宁静而致远。”简朴的堂上，这副对联分外惹眼。刘备瞥了一眼，就被那铁画银钩般的笔法吸引住了，待他收神，见到草堂内有一个年轻人正在围炉读书，口中吟诵不绝。刘、关、张三人驻足聆听，直到诵读声停止，这才上前见礼。

刘备见眼前的人长得眉清目秀，分明只在弱冠之年，心里其实还有些疑惑：卧龙先生这样年轻吗？不过他还是躬身诚恳道：

“久仰先生大名！在下刘备，前些日子贸然拜访，不巧先生出行；今天冒雪前来叨扰，还请不要怪罪！”

淡泊以明志
寧静而致

年轻人放下书简，起身还礼，朗声道："原来将军就是豫州刘将军啊？您是来找我兄长的吧？"

"兄长？原来他不是诸葛亮。"这话刚在刘备心中浮起，年轻人便微笑着自报家门。原来这位是诸葛亮的弟弟诸葛均。诸葛家是三兄弟，老大诸葛瑾做了东吴之主孙权的幕僚，老二才是刘备心心念念的卧龙。

刘备急问："卧龙先生今日在家吗？"

诸葛均把手一拱，答道："将军又来得不巧，家兄刚刚去赴朋友之约，不知道归期，也不知道去哪游玩了。"

张飞圆目怒睁，反驳道："胡扯！要是刚出门，我们上山时一定能遇到。这种鬼天气，山上一个人影都没有！"

诸葛均脸不红心不跳，说："家兄习惯走后山的小路，遇不到也是正常的。"

张飞气得要争辩，关羽扯住他的衣袖制止，刘备却依旧笑吟吟地说："徐元直与水镜先生都大赞令兄有经天纬地之才，自比古时大贤管仲、乐毅，可是真的吗？"

诸葛均粲然一笑，说："这些话都是江湖传言吧，我却不知道。"

"令兄平时都做些什么呢？"

"耕田，读书，会友，做的都是些于旁人不打紧，于自己却十分要紧的事。"

诸葛均一边说一边打量着刘备的神色，刘备还想说些什么，不料张飞早已耐不住，大叫道："大哥，人既然不在，咱们走吧！"

刘备又向诸葛均抱拳行礼，而后问："我可以给卧龙先生留一封短笺吗？"

诸葛均以手指一旁桌案，说："请便。"

刘备先用嘴中热气呵了呵毛笔，聚气凝神，挥笔给两次都未见真容的诸葛亮留下一封信，而后辞别退出草庐。

诸葛均目送兄弟三人离去，回头向内室叫道："二哥，他们走了。"

屏风后闪过一个长身玉立的人，他不说话，摇着羽扇翩然坐在青泥小火炉旁，随手捡了两三颗栗子放在炉旁。

刘备踏雪迈过小桥时，一直沉默不语的关羽突然开口，说：“大哥，诸葛亮就在家，却避而不见，这是什么道理？”

张飞猛地站住脚，大喊道：“什么？他在家？二哥，你怎么知道他在家？”

关羽笑了笑，说：“咱们进门后，诸葛均面前桌案上放着两杯茶，都还冒热气呢。”

张飞顿足，飞溅起一堆雪，大喊：“诸葛亮敢戏耍我们爷们？我去找他算账！”

刘备和关羽不约而同地拉住张飞的胳膊，异口同声道：“不可！”

“他在考验我的耐心，”刘备翻身上马，任由的卢马在雪中慢行，“我恰好最不缺的就是耐心。”

两次寻访，两次落空，刘备的心里要说不失落是假的。怪只怪自己家底薄，不能给诸葛亮足够的勇气和信心。世上哪有那么多理所应当的事？失意本是人生常态，只是人们往往喜欢正道直行，一旦遇到云谲波诡，要么更弦易辙，要么半途而废，到最后还要发牢骚，说什么时运不济、命运多舛，但英雄之所以是英雄，那必有常人所没有的品节。“穷且益坚，不坠青云之志”，说的便是刘备这般人物，攻坚克难，矢志不渝，沧海横流方显英雄本色。

“我刘备，还会再来的。”

古人对少年的称呼

本回中提到，诸葛亮的弟弟诸葛均是弱冠之年，弱冠之年就是古人对二十岁的雅称。古人给不同的年龄取了不同的美称，凸显出浪漫的情怀，其中对少男少女的称呼，更让人觉得十分美好。

汤饼之期：对出生三天的婴孩的称呼，古时候婴儿出生三日要举办汤饼宴，因此而得名。

总角：对未成年的男孩女孩的称呼，一般指的是八九岁到十三四岁年纪，往往梳两个角形的发髻。

黄口：指十岁以下的孩子，因为雏鸟的嘴巴是黄的，借此比喻未成年孩童。

豆蔻：指十三四岁的女孩子，豆蔻是一种初夏盛开的植物，用来比喻女子未成年，还是少女的状态。

及笄之年：古代女子十五岁行及笄之礼，代表可以出嫁了。

志学之年：孔子说“吾十有五而志于学”，所以志学之年指的是十五岁的少年。

舞象之年：舞象是古代的一种舞蹈，是男子成年的标志，因而舞象之年指的是男子十五岁到二十岁的年纪。

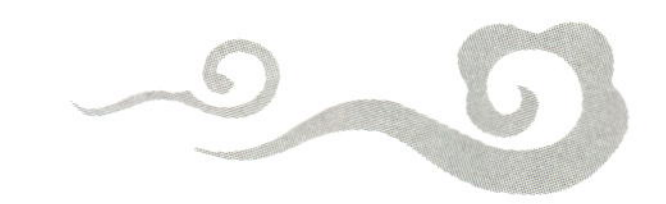

三顾茅庐孔明出山

——天下宏图尽在我手

冬去春来，当年桃园结义的三兄弟在新野又迎来桃花的怒放。春季不仅万物复苏，东风也吹来了好消息，卧龙先生近来一直在家，刘备的血顿时又滚烫起来。这一次，他没有急吼吼地赶赴隆中，而是斋戒、沐浴、焚香，认真选取了一个黄道吉日，只愿这次能够心想事成。他的这一番虔诚的举动，不仅让张三爷觉得离谱，就连关二爷也认为太过隆重了。

“诸葛亮也许就是个浪得虚名的书生，没有一寸功劳。大哥这样对他，是不是有些过了……”稳重深沉的关二爷此刻如鲠在喉，不吐不快。

刘备正色道：“二弟，你爱读史，自然知道古时候齐桓公纳贤的典故。他想见东郭野人，寻访了五次才见上面。我要见的卧龙先生是济世救人的高人，这才两次，不为过，不为过。”

关羽点点头：“大哥说得是，小弟是担心诸葛亮被抬举得太高，难免吊诡。”

“大哥，一介村夫，何必劳累大哥亲自出马？我骑快马，一根绳子就把他捆来见你！”说走就走，张三爷说罢，大步流星奔向坐骑，就差翻身上马，扬鞭而去。

这可急坏了刘备，他知道自己这个义弟不是一般的莽撞，这事他真的做得出来。

刘备追上前去，一把抢过缰绳，厉声道："三弟，停下！你没听说过周文王拜请姜子牙的故事吗？他让姜子牙坐辇，自己推车，一直推到王宫。求贤要有个态度！你如此莽撞，要坏我的大事！如果你管不住自己的性子索性留下，我跟云长前往即可！"

张飞泥胎似的呆住，大哥这是真的生气了。自打结义以来，张飞一直以大哥马首是瞻，只要是大哥说的都对，不跟着大哥走，他都过不了自己这一关。可大哥，竟然因为一个从未见过面的陌生人跟自己急了……张飞的心中一瞬间既委屈又懊恼，满肚子的火气不知道跑哪里去了。

眼看着暴躁的三弟消停下来，刘备的心不由得又软了下来，说："以后不可鲁莽了，知道吗？"

张飞点头。刘备又拍拍张飞的肩膀，说："走吧，再陪哥哥去一次隆中吧。"

"大哥，你还让我去？"张飞激动得虎目圆睁。

"当然，这么大的事，没有你和云长在身边，我不放心。"

刘、关、张兄弟三人又一次前往隆中，一路上默默无言，各怀心事。

临近草堂时，碰到正要外出的诸葛均，刘备连忙翻身下马，同他打招呼："三公子好啊！"

诸葛均微笑，躬身一礼，说："玄德公，我兄长在家，请自便。"

刘备揪着的心顿时放下了不少，看来这次没有白来。

"太好了，大哥！终于等到他了！"张飞一激动，嗓门就高。

刘备赶忙制止："嘘！低声。"

柴门旁的桃花正在盛放，像粉面腮红的美人笑而不语。刘备整理衣冠完毕，再一次轻轻叩响柴门。

"吱呀！"门开处，小童子露出蓬松的脑袋，刘备忙问："你家先生在家吗？"

"嘘！"小童子伸出一根手指压在嘴唇上，说："别大声嚷嚷，先生午睡呢，吵醒

了他，他可不高兴。”

张飞压低嗓音说：“大哥，把他叫醒不就得了？”

“三弟别胡说。”刘备小声制止张飞后，转向小童子轻声说：“我们可以等。”

说完，刘备指了指大门口，示意张飞和关羽去大门外等，自己则和小童子一起安静候在门口。关羽推着张飞来到大门外，两人找了个地方就地坐下，惬意地伸了个懒腰。大哥说等，那就等吧。阳光正好，微风徐徐，露天睡个午觉也很舒坦。

谁知这一等就是一个时辰。

“那位还不起来，是不是睡死过去了？”张飞嘟嘟囔囔小声抱怨，“再不起来，老子去后院给他放把火，让他再睡！”

一旁的关二爷用力拉住张三爷，轻轻摇摇头，用下巴指了指门口安静等待的刘备，关二爷知道此时不能孟浪行事，不能由着三弟胡来。

太阳的影子在日晷上走了许久，仿佛在酝酿着什么。

“大梦谁先觉？平生我自知。草堂春睡足，窗外日迟迟。”懒洋洋的腔调中带着酣睡后的满足，一首诗拉开君臣风云际会的序幕。

“童子，可有客人来访？”

“刘备等候您多时了，见您在午睡，不让喊您。”听闻童子的告知，孔明没有丝毫慌乱，起身径自走入后堂。这一走，又过了好大一会儿，才整完衣冠出屋来。

此时此刻，刘备三人已经被请到了堂上。门帘挑起处，一个修长挺拔的身影出现。只见他长身玉立，双目明亮清澈如星辰，鼻直口方，头戴淡纶巾，身披鹤氅，手摇羽扇，整个人宛若悬崖顶上傲然而立的一株青松，又仿佛被贬谪下凡、不食人间烟火的仙人，一举一动说不出的潇洒气派。

刘备等三人从未见过这样的人，一瞬间怔在原地，倒是诸葛亮微微一笑，上前浅浅鞠躬，道：“贵客来访，亮迎接来迟了。”

刘备还没说话，张飞脱口而出：“你少睡会儿，就不会迟了！”

诸葛亮哈哈大笑，丝毫不以为意，倒是刘备诚惶诚恐地深深鞠躬：“汉室后裔涿郡刘备，久闻先生赫赫声名，特来拜访！今天终于有幸一睹先生真容，真是我刘备的荣幸。前次冒雪寻访先生，不想先生与友人出行，遗憾未能见上一面，临行留下一封书信，不知先生是否看过？”

上次探访卧龙时，刘备留了一封信。在信中，刘备主要表达了两层意思：一是对卧龙先生的倾慕之心；二是恳求先生指点迷津，筹划宏图，助自己完成匡扶汉室的大业，拯救黎民百姓于水火，让天下息战，重回安康升平之年岁。字字句句都是刘备心内的焦灼，多年来他满腔的困惑疑问，都借着书信发问出来，想着探明卧龙先生的意愿。

诸葛亮不紧不慢地摇着羽扇说：“刘将军有扶助汉室的雄心，有拯救黎民于水火的仁心，在这乱世动荡、枭雄林立的年岁，实在让孔明钦佩。只是孔明才疏学浅，又是一介村野匹夫，恐怕会误了将军的大业。”

诸葛亮边说边轻摇羽扇，那范儿起得足足的，虽然这季节没有什么蚊虫，可这柄羽扇上仿佛灌注了他的灵魂，一刻也离不得身。

刘备急切道：“元直临别前，推荐了先生您，他说最要紧的事就是寻找先生。他不会诓骗我。卧龙先生，刘备虽然愚钝，势单力薄，但矢志不渝，希望先生为我拨开迷雾，指点前程。”

刘备的话语越发恭敬起来，但诸葛孔明依旧轻摇羽扇，似乎不为所动，缓缓说道：“徐元直谬赞了，我身处这荒山野岭，消息闭塞，除了忙时耕作、闲时读书，对天下事哪里有什么看法呢？”

刘备直起身，说：“大丈夫行大道做大事，为大道死上千百次也不会后悔，先生有扭转乾坤改天换地的伟力，在这卧龙岗上埋没而不被世人所知，白白辜负这一身本领，难道不后悔吗？”

孔明陷入沉思之中，刘备趁热打铁，又坐在诸葛亮身边，拱手道：“我刘备前半生屈居涿郡，靠卖草鞋、草席为生，但自桃园结义以来，几历生死，不为高官厚禄，只是想着恢复大汉往日荣光，还都于洛阳，不再让大汉皇帝为奸臣胁迫。这些年来，都城更来变去，皇帝也成为奸雄的傀儡，百姓生不如死，惶惶终日，只是眼看着豪强割据、旗帜各异，

刘备心有余而力不足，现在蜗居在刘表门下，表面一家亲，暗地里处处提防，比丧家犬也好不到哪里去。为避锋芒，迫不得已躲到了新野，每天晚上忧愁得难以入睡。我现在不知道何去何从，更不知道哪一天就被豪强吞并，还望先生指引方向，即使刘备无才成就大业，也身死不悔！”

孔明命童子从书架上取出一卷画轴，悬挂在中堂之上。刘备定睛一看，原来是西川五十四州地图。

诸葛亮指着地图对刘备说：“眼下局势看上去如同一锅乱粥，但将军不要被表象迷惑。现在曹操挟天子以令诸侯，取代董卓、袁绍，已在北方做大做强，占据天时之利。如今他拥有百万雄师，不仅兵强将广，麾下还谋士众多，其实力已远超董卓、袁绍时代，这已是一方霸主，轻易不能撼动。再说江东孙氏，依据长江天险，几代苦心经营，物产丰饶，特别是水军强悍，实则坐收地利之利。孙氏一族对中原局势虎视眈眈，北方豪强想灭掉他很难，他却可以趁中原纷乱之机越江取利，暂时也无人能奈何他。这两强已占据天下大半之地，将军想要完成宏图伟业，不可急于求成，需先立足于荆州，待把荆州经营好，再徐徐图之。将军本是皇室宗亲，招贤纳士，厚待百姓，这就是将军的立足之本，曹操占天时，孙权占地利，将军可占人和。曹操看似独大，但是将军以刘皇叔之名展匡扶汉室之旗，那江东碧眼孙氏亦敌亦友，可联合起来抗曹，在未站稳脚跟前要借力打力，方是上策。”

一席话点醒梦中人，刘备苦恼彷徨的诸多疑难都被诸葛亮化解，原来自己一直太天真，以为只要挥舞汉室大旗就能水到渠成，但现实是屡屡受挫，自己太过急躁而且没有根基，可是荆州现在是刘表的荆州，怎样才能成为自己的荆州呢？

就在刘备进行头脑风暴的时候，诸葛亮又指向西川五十四州，那是刘璋的地盘。

占荆州，夺西川，这是刘备做梦也没敢想的事，不由得疑惑道：“刘表、刘璋和我都是汉室宗亲，我怎么能同宗残杀，这岂不是会被天下人耻笑？”

“将军不必过虑，我料定不远的将来会有大变局，将军的机会就来了，不仅不会危害将军的美名，还会名利双收。”孔明轻摇羽扇，面带笑意地说。

刘备立刻拜倒，眼含热泪说道：“先生对刘备有再造之恩，望先生不嫌弃我等此时的困窘，带我等完成伟业，造福百姓，造福天下！”说罢，拜倒不起，豆大的热泪滚滚而下，打湿了衣衫。

诸葛亮见状，内心热血翻涌，一把扶起刘备：“刘将军不嫌弃我这村野匹夫，我也定不负将军的雄心壮志！”

至此，为千百年来人们所乐道的君臣相遇、睥睨天下、争锋乱世的佳话开启了。

三国时期的『最强大脑』

在本回中出场的卧龙先生诸葛亮，可谓人未出山已名满天下，他那聪明到无与伦比的头脑内装着天下大业，千百年来受人尊崇。三国时期，拥有诸葛亮这样“最强大脑”的人并不在少数，下面就给大家盘点一下吧。

序号	姓名	身份	名场面	历史贡献
1	诸葛亮	刘备军师、蜀汉丞相	空城计	谋划三分天下
2	周瑜	东吴都督	火烧赤壁	赤壁之战挫曹魏
3	荀彧	曹操的首席谋士	献计“奉天子以令不臣”	协助曹操统一北方
4	司马懿	魏国权臣	关陇抗蜀	西晋王朝奠基人
5	郭嘉	原为袁绍部下，后投曹	十胜十败论	献计安抚地方，平定冀州、遗计定辽东
6	陆逊	东吴后期智囊	火烧七百里连营	东吴社稷之功臣
7	贾诩	依附董卓、张绣等军阀，后降曹	劝李傕进犯长安	曹魏开国功臣
8	程昱	曹操谋士	仓亭之战	保住兖州根据地，曹操五谋士之一
9	庞统	刘备谋士	赤壁之战献连环计	计取西川，为刘备夺得大本营
10	陈宫	先为汉臣，后追随曹操，最终为吕布谋士	兖州之战大败曹操	协助吕布攻占兖州、徐州，对抗曹操

博望坡诸葛亮初用兵

——诸葛军师小露一手

话说刘备请得诸葛亮出山，简直如获新生，整个人都精神百倍，仿佛宏图大业已经板上钉钉似的。因此，对待诸葛亮十分恭敬殷勤，那副模样，让张飞心里酸溜溜的，对关羽说：“也没见大哥对我们这么热情过。”

关羽捻须一笑，说：“翼德，不要这样小心眼。只是，这位大哥视若珍宝的军师，不晓得有几分成色，只怕是纸上谈兵。”

检验诸葛亮成色的机会很快就来了。他用一场精彩的火攻，把所有人心头的疑云烧得干干净净，从此再也没有人质疑他的韬略。

事情还得从病入膏肓的刘表说起。

刘表缠绵病榻已经很长时间了，自知没有多少日子可活，就把刘备喊来，开诚布公地说：“玄德，我快不行了，荆州以后就交给你吧！”

刘备脸色一白，马上摆手，说：“不！不！景升兄，你自己有儿子，可以继承基业，怎么能交给我呢？”

刘表叹口气，说：“我的两个儿子都不争气，如今东吴的孙权对荆州虎视眈眈，周瑜在鄱阳湖日夜练兵；曹操在北方挖了大池，练习水战，这不都是冲我来的吗？大战一触即发，可惜我风烛残年，没有几天活头了……咳咳，玄德，你要是看重咱们之间的多年情分，就帮我守，守住这份基业……”

刘备刚要再次拒绝，忽然听到身旁的诸葛亮轻轻一咳，一道锐利的目光借着羽扇的遮挡精准地传到刘备的眼睛里。刘备马上明白，诸葛亮这是有话要说。

刘备立刻红着脸颤着声说：“景升兄，这事实在让我为难，我需要考虑一下。”

一离开刘表府邸，诸葛亮便询问刘备：“主公，荆州自古为兵家必争之地，送上门的大礼，为什么不要呢？”

刘备脸又一红，说：“景升兄快死了，他的两个儿子又在争夺权位，这个时候我要是乘人之危，不是君子所为啊！”

诸葛亮一笑，说：“主公仁慈。然而刘景升的两个儿子都不成大器，就算能接过荆州，也没有能力守住这份基业，不是落入东吴手中，就是被曹操谋取。主公，你现在坐镇荆州，才是帮刘表呢。”

刘备若有所思地点头，说：“军师，你说得也有道理。”

诸葛亮见状，语重心长地说：“主公，亮有话就直说了。仁义是您的美德，但大丈夫行事，不能有妇人之仁，一旦错失良机，将来追悔莫及。”

刘备心服口服，感慨道：“我刘备能够遇到孔明先生，简直是如鱼得水啊！”

张飞听得耳朵磨出茧子，不服不忿地问关羽：“二哥，大哥说的什么鱼什么水，到底是什么意思？拿我们当空气？有本事让那个‘水’货上阵杀敌！”

关羽眼睛微睁，笑着说：“翼德不必当真，大哥开个玩笑而已。”

诸葛亮自从来到新野，就开始练兵，这小小的“秀肌肉”行为，竟然惊动了曹操。

曹操原本没有听说过诸葛亮的名号，听密探来报刘备的队伍如今面貌一新，不禁有些吃惊，问：“这诸葛亮究竟是什么人？”

一直沉默寡言的徐庶突然开口，说：“诸葛亮，人称卧龙，有经天纬地之才、胸怀天下之心，刘备得了他，是如虎添翼。”

曹操皱眉：“他有这么厉害？元直，你的智谋和他比，谁厉害？”

徐庶微笑道：“我怎么能和他比呢？他的天赋、才学、眼光、韬略、胸襟……我哪一样也比不上。”

曹操的整颗心顿时都酸得要命，恼怒道：“他有卧龙，我就要凤雏！你们去给我找凤雏！都去找，必须给我找来！”

荀彧说：“主公，凤雏不急。目前比较要紧的是，趁着诸葛亮还没有成气候，及早铲除他。”

夏侯惇道：“我愿意率兵去征新野，为主公斩了这条卧龙！”

曹操同意了，派夏侯惇点兵十万，浩浩荡荡奔向新野。

此时此刻，新野已俨然成了一座巨型熔炉，验一验诸葛亮这位新任军师是不是一块真金。对即将到来的考验，诸葛亮自然早有预料，为此，他通宵达旦地练兵、研究战术。虽然几个昼夜没有休息好，但他眼睛里流露出的光芒却异常坚决——此战必胜。

刘备心中虽然忐忑，但他递上令牌的动作毫不迟疑，诸葛亮也毫不犹豫地接过来，说：“主公对我信任，亮很欣慰，只怕关、张二位将军对我不服，所以我要向主公借两样东西。”

“什么东西？”

“您的佩剑和印信。”

刘备立刻解下腰间的佩剑，又取出大印，一起双手递给诸葛亮。诸葛亮也没有客套，径直接过来。等升帐点兵时，诸葛亮先把宝剑和印信亮出来，说：“主公命我调兵遣将，宝剑和印信就是信物。军令重如山，如有违令者，定斩不饶！”

关羽心头微微一动，军师这是敲山震虎呢，他有些不悦，但更多的是对诸葛亮的好奇，想知道这位外貌奇伟的美男子究竟有几分真本事，于是当下率先鞠躬：“一切听从

军师的命令。”

诸葛亮点头，目光掠过面带不屑的张飞，朗声正色说道：“众将听令：云长将军率兵一千，在博望坡左侧的豫山埋伏，看见曹军到来不要轻举妄动，放他们过去，等南面燃起大火，再冲出来杀他们一个回马枪。记住，先烧粮草。”

关羽点头应下，诸葛亮又转头对张飞说：“博望坡右侧的安林，张将军带一千兵马埋伏好，也等南面火起，再冲出来厮杀。”

张飞本不想接令牌，看到刘备严肃的目光和诸葛亮淡定从容的眼神，以及桌案上那寒光闪闪的令剑，也只得梗着脖子接了下来。

紧接着，诸葛亮又安排关平专管放火，刘备负责后援接应，而分给赵子龙的是诈败引战的命令。赵云是个胸怀敞亮、心底无私的伟男子，自从追随刘备，便忠心耿耿，凡刘备吩咐的没有不听从的，所以毫不犹豫地领命。

安排完毕，诸葛亮云淡风轻地坐下，端起香茗啜饮了一口。

关羽见他那志在必得的模样，忍不住问了一句：“众将都安排停当，敢问军师您给自己安排了什么任务呢？”

诸葛亮展颜一笑：“我的长处在韬略，不在战场对阵，我就坐镇大营，等着各位的捷报。”

张飞掩饰不住内心的厌恶，说：“我们去战场卖命，你在家里逍遥快活，凭什么？”

诸葛亮丝毫不在意，依旧云淡风轻地说：“军令如山，违令者斩！”

张飞气哼哼地离去，除赵云之外，其他大小将领都对诸葛亮心存疑虑，却不敢违抗命令。

夏侯惇率军到达博望坡后，正遇到赵云的队伍。为了让敌人放松警惕，赵云故意打乱队形，命令士兵随性着装，这支人马看上去松松垮垮，毫无战斗力，宛若一群乌合之众。

夏侯惇只远远望了一眼便大笑起来，说：“喂，赵子龙，这就是你带的兵？”

身后有个阴阳怪气的声音起哄："土匪都比你整齐些！"

顿时，讥笑之声和着锣鼓点，如同暴雨前池塘里吵坑的蛤蟆，一波波地袭向赵云，赵云何曾受过这种屈辱？俊脸上闪过一抹红晕，他紧咬钢牙，佯装嬉皮笑脸地说："夏侯惇，你一把年纪，也有些见识，应该知道我身经百战，从来没有输过，敢和我战一场吗？靠要嘴皮子算什么本事？"

夏侯惇拍马上前，与赵云战在一处。几个回合一过，赵云假装敌不过夏侯惇，向后退却。夏侯惇正要向前冲，身边的副将急忙制止道："赵云向来勇猛，诡计多端，小心有诈啊！"

夏侯惇冷笑一声，说："你也太高看赵云了！一个小白脸，能有什么真本事？"

说着话，大手一挥，带领将士穷追不舍，跟在赵云屁股后面，向着博望坡奔去。

等夏侯惇人马一到，刘备就按计划杀出来，与赵云兵合一处，继续诱敌深入。有刘备作饵，夏侯惇更不舍得撤退了，他笑着嘲讽："诸葛亮就这两下子吗？哈哈哈！"

于是夏侯惇放下心来，胆子更大，继续引兵前行，直追到一片密林中。地势忽然变得狭窄，两侧树木丛生，还长满了芦苇。夏侯惇的大军被挤成一条长蛇，人和马都走不快。此时天色已晚，密林中阴风阵阵，更可怕的是，前方刘备和赵云的人马突然消失了。

大将于禁作战经验丰富，眼见得形势怪异，心中暗叫不好："要是此时有人埋伏放火，我们一个都跑不了！"

这念头刚刚掠过他的脑海，忽然前方燃起了熊熊烈火，火借风势，形成一堵火墙，截断了前路。夏侯惇掉转马头，一边跑，一边大喊："稳住！跟着我撤！不许乱，违令者斩！"

可人哪有火跑得快，眨眼间，火就追到了身后，兵马都失控了，没头苍蝇般地乱跑乱闯，一心想逃离困境，被火烧死、踩踏而死的不计其数。按原定计划，关羽、张飞等都带着各自的人马杀出来，烧了粮草，把撤退逃跑的曹军围起来痛打。

夏侯
夏侯
夏侯
夏侯
夏侯

张飞是天生的战神，一上阵就兴奋得血脉偾张，他举着丈八蛇矛左刺右挡，仿佛有用不完的力气，边杀边哇哇大叫：“来啊，让你张爷爷杀个痛快！”

夏侯惇遭遇大败，只得带着残军撤退，悔恨不迭，仰天长叹：“中计了！”

“哈哈哈！这仗打得好！”

一阵笑声响起，树影后闪出一辆小车。两名军士推车，诸葛亮坐在上面，素衣长袍，轻摇羽扇，眉宇间从容淡定，还带着一股清雅傲气。

关羽、张飞闻声立刻簇拥上前，情不自禁地拜倒在诸葛亮面前，心悦诚服道：“军师用兵如神，佩服，佩服！”

诸葛亮看着张飞，笑着问：“三将军，我这‘水’货成色如何呀？虽然上不得阵，却未必杀不得敌！”

张飞脸一窘，旋即粗声粗气地说：“军师莫怪，我张飞是个莽撞人，说话不过脑子，时间长了你就习惯了，嘿嘿！不过，这回之后，我什么都听先生的，我服你！”

刘备笑吟吟道：“卧龙出手，果然不同凡响！这把火要把夏侯惇胆子烧破了！”

“一把火换来暂时的平静，”诸葛亮却深谋远虑道，“夏侯惇回去，曹操必然不能甘心，还会再杀来的。”

刘备急问：“那如何是好？”

诸葛亮轻摇羽扇，笑道：“主公不必惊慌，亮自有妙计。”

刘备等人在新野收拾战场暂且不提，且说夏侯惇撤回许都，一脸羞愧地求见曹操。

曹操怒不可遏，拍桌子质问道：“谁说要为我斩卧龙来着？结果倒好，被人家一把火烧得胡子都快秃了！”

夏侯惇默然受了训斥，倒是荀彧上前分析目前的政治形势，巧妙地将曹操的怒火引开了。他说：“主公，东吴一直在练兵，我们的南征计划可以开始了。”

曹操向空气中擂出一拳，恶狠狠地说：“没错，南征势在必行，我的水军已操练多

时，该是上战场杀敌立功的时候了！”

话音刚落，他转身又愤恨地说：“刘备和诸葛亮也不能放过，他能烧我一次，还能烧我第二次？”

诸葛亮妙计惊天下

在本回中，足智多谋的诸葛亮小露一手，便把夏侯惇杀得大败。在《三国演义》中，诸葛亮始终头戴“顶尖智囊”的桂冠，就连鲁迅先生都说他“多智而近妖”。那么，诸葛亮都用过哪些妙计呢？

序号	计策名	对手	地点	结果
1	火烧博望坡	曹操	新野博望坡	夏侯惇大败，诸葛亮初出茅庐立大功
2	空城计	司马懿	西城	巧妙吓退司马懿的大兵
3	草船借箭	曹操	赤壁	利用曹操完成造箭任务
4	伏兵华容道	曹操	赤壁华容道	一连三次挫败曹操
5	锦囊妙计	孙权	东吴	帮助刘备顺利逃离东吴
6	七擒孟获	孟获	云贵地区和四川西南部	令孟获心悦诚服地归顺蜀国
7	装神弄鬼	司马懿	陇上	装神弄鬼吓退司马懿大军，保证蜀军收割麦子

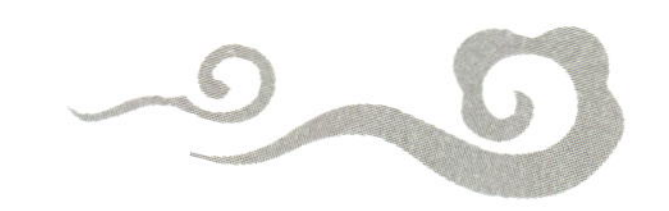

诸葛亮火烧新野

——火攻计再用一次又何妨

话说曹操准备南征，第一个跳出来反对的就是太中大夫孔融，他在朝堂上直言不讳：“东吴孙权有长江天险做屏障，我们北方人又不擅长水战，去了就是白白送死；荆州的刘表和刘备乃是汉室宗亲，丞相大人讨伐他们，难道有什么深意？不仁不义啊！”

曹操直接被激怒了，反问道：“孙权、刘备、刘表都有不臣之心，不将他们连根拔起，难道还要等他们举旗造反、篡权自立？”

“刘备至仁，以不仁去攻击至仁，哪有一分胜算？”

“孔融匹夫，你别以为我不敢杀你！”曹操心中暗骂，表面上还是忍住了，命人将孔融驱逐出朝堂。可他满腔怒火难以平息，几天之后就以不孝之名杀了孔融，连孔融未成年的小儿子都没有放过。

曹操这招杀鸡儆猴，彻底扫除了反对南征的声音，而后便大张旗鼓地向南方进发。

恰在此时，刘表的生命也即将走向终点，蔡氏和蔡瑁蠢蠢欲动，图谋篡权。刘表再一次找来刘备询问刘备的意见，刘备再一次拒绝了荆州，却接受了刘表的临终托孤，答应要辅助他的长子刘琦做荆州之主。

曹操大军压境之际，刘表急忙命人去江夏召回刘琦。之前，刘琦被蔡氏逼得没有立

足之地，多亏诸葛亮献计，让刘琦到江夏避祸，这才保住一条性命。当下，刘琦听说父亲快要死了，连夜骑快马奔回荆州，却被蔡氏姐弟拦在门外不让进。刘琦和父亲近在咫尺，却无法相见，直哭得涕泗横流，几次晕倒。

就这样，刘表临死也没有见到刘琦的面，含恨而终。蔡氏姐弟篡改刘表的遗书，把年仅十四岁的刘琮推上高位。

很快，曹操来到襄阳，刘琮在谋士王粲的支持下，向曹操献上了降书。

诸葛亮说："主公，这是个绝佳机会啊！您可借着刘景升的丧事，以吊孝的名义，趁机夺取荆州。"

刘备眼中淌泪，说："景升兄刚死，我如果从他儿子手中夺取荆州，不仁不义，百年之后我也没有脸面去地下见他。"

诸葛亮劝道："刘琮篡权在先，又把荆州送给了曹操，已经悖逆了刘表，您把荆州取回，令刘琦为荆州之主，方符合刘表的托孤之意，不是吗？"

刘备还是狠不下心来取荆州，但不取荆州自己就危险了，等曹操大军一到，区区一个新野，根本无法抵抗。为此，刘备愁得睡不着觉。

诸葛亮察人敏锐、心细如发，刘备的心事哪能瞒得过他？作为谋士，他无比惋惜错失这个唾手可得荆州的良机；作为士人，他心中也流动着儒家经世济人的血液，他为刘备的仁义之心深深感动，也为自己慧眼识英雄而自豪。

"先生可有既不用夺荆州，又可以解燃眉之急的办法？"刘备问诸葛亮。

"主公可以先去樊城暂避，将新野留给我。我上次烧了夏侯惇一半人马，这回再让他们尝尝火烧火燎的滋味。"诸葛亮胸有成竹地说。

刘备一脸担心地问："咱们可以到樊城，这新野城中的百姓怎么办？"

诸葛亮微微一笑，说："主公，您自然是要带上百姓一起到樊城去的。"

"对，乱世中的百姓可怜啊，我不能丢下他们。"

“这不是什么难事。今天可派人张贴布告，愿意跟咱们一起走的，都护送到樊城去。”

刘备激动地握住诸葛亮的手，说：“好，好！正合我意！”

城中百姓都感激刘备的恩德，哪有不跟从的？一时间，扶老携幼、牵驴挑担的百姓纷纷出城，乘坐刘备安排好的船只，前往樊城。

刘备恋恋不舍地望着新野城，在这里度过的太平日子充满温馨，还为他添了一个宝贝儿子。这里曾是自己的福地，也算是温柔之乡了。

诸葛亮仰头望望天色，催促刘备说：“主公，快些走吧，我们要赶在今晚大风到来之前将全部百姓撤离新野城。”

刘备疑惑地问：“今晚有大风？”

诸葛亮神秘地一笑，说：“如果没有这场大风，恐怕还不能成事呢！”

“军师，今夜……有把握吗？”

“主公不必惊慌，亮自有妙计。”

诸葛亮一边安排百姓撤离，一边安排几位将军到各自位置去做准备，而他自己则和刘备一起出现在距离新野城外不远的鹊尾坡山头。

果然不出诸葛亮所料，当天中午，曹操的先遣部队，在曹仁、曹洪和许褚的率领下，到达了鹊尾坡一带。

许褚习惯性地打量周遭的环境，这一看可不要紧，忽然看见一队高举红旗的士兵从鹊尾坡前闪过，不一会儿就隐身在密密匝匝的树林中。很快又有一队人手持青色旗帜向反方向跑去。事出反常必有妖，优良的战争素养让许褚立刻下令士兵停止前进，又让人通知曹仁和曹洪。

曹仁不以为然地说：“就是故布疑阵罢了。刘备能翻出多大水花？”

许褚听了，立刻率领将士杀入树林中。果然，林中一个人都没有。许褚定了定心神，继续带兵前行，谁知刚走了几步，忽然听到锣鼓喧天，吓得几匹战马嘶鸣，几乎脱缰。

許

许褚循声抬头望去，鹊尾坡后的山上隐约可见两把大伞盖，伞下一人羽扇鹤氅，另一人正是刘备，二人正在饮酒下棋，好不悠闲自在。

许褚不由得怒火中烧，大叫：“大耳贼！还有那个什么卧龙？你们装神弄鬼做什么？”

说着话，他使劲一提马缰绳，坐骑一声低吼，带头向山上冲去。

只见那鹤氅者举起羽扇，石块木桩暴雨般从山上滚落，照着曹军的天灵盖砸来。许褚忙命撤离，可为时已晚，被砸死砸伤的兵士无数，哀号声不绝于耳。

此时天色昏暗，鸦雀乱飞，树林后影影绰绰，仿佛都是潜藏的士兵。曹军每走一步，都能听到身前身后传来锣鼓声，生怕再有木石从天而降，真是步步惊心，肝胆俱裂。

许褚还想再寻路厮杀，曹仁却觉得天色已晚，不宜再战，还是先去新野城。等来到新野县城门外时，眼前的一幕又把曹军将士惊得目瞪口呆。

只见城门大开，四下无声，街道上连一条狗都没有，宛若一座死城。

许褚心里一惊，暗道：“古怪，必然有古怪！”

曹仁却在马上笑着说：“我当诸葛亮真是神仙下凡呢，原来是个胆小鬼，一听说我的大军到来，立刻弃城逃跑，哈哈哈！什么卧龙？都是虚名！”

曹仁一边笑一边率军长驱直入。距离城门不远处就有一处酒家，一坛坛上好的美酒，摞成小山一般。常年打仗的将士见了酒，哪还能控制得住呀，全都蠢蠢欲动，议论纷纷。

曹仁见天色不早，索性卖了个人情，下令军队就地解散休息。他和曹洪等人去了衙内安歇，其他人抢占了民居做饭，嗜酒的干脆抱着个酒坛子，七歪八倒地坐在街道上大口痛饮。

一时之间，新野城的大街上酒气冲天。但很快，这股酒气就被不期而至的狂风吹散。这股风好像从天而降，卷得临街店铺的招牌哗啦啦直响，有人骤然觉醒，觉得这风来得奇怪，不由自主地提高了警觉，竖起耳朵倾听街上的动静。

有人报给了曹仁，说城里某处失火了，曹仁却十分心大地说：“不要大惊小怪的，一定是有军士做饭时不小心，遗漏了几处火苗，扑灭了就好了。”

于是，大家又开始倒头睡觉。

街上又恢复了平静，可这平静仅仅持续了一会儿，突然就听见此起彼伏的惊呼声：“着火啦！着火啦！”

顷刻之间，冲天的火光映红了新野城的半边天，也映红了许褚的眼睛。他提起家伙冲出房门，只看见漫天遍地的火苗。火借风势，风助火威，席卷整个新野城，火舌舔舐着房屋，吞噬着无数将士，哀号声此起彼伏，整个世界宛若阿鼻地狱一般。许褚大骇。

原来，诸葛亮早已观看天象，算准了今晚夜间有大风，撤退前便在县城街道屋顶上藏匿了硫黄、硝石等易燃物，又安排了纵火小分队，只等狂风到位，便开始向城内射入火箭。

大风，就像诸葛亮手中那枚最听话的棋子，准时刮了起来。

从博望坡到新野，两次准确预判天象，使出鬼使神差的计谋，诸葛亮用自己的真正实力把“神机妙算”四个字深深烙印在每个人的心上，所有人内心都有个疑问：“他究竟是人还是神？”

曹仁的真正劫难来了，他率领众将士在城中寻路奔走，听说城中四门只有东门还没有着火时，急忙招呼众人从东门逃窜出城。

拼死拼活刚从新野城中逃出，还没来得及喘口气，半路上就杀出个白袍小将赵子龙，一柄银枪逼得曹仁抱头鼠窜。接着又在逃窜的路上分别遇到了带兵拦截的糜芳和刘封。

一直到天快亮时，曹仁才好不容易带着残兵散勇逃到白河边。被灼伤的将士们纷纷跳下河，用清凉的河水缓解伤痛，捧起河水痛饮，感慨道：“真舒服啊！”

曹仁也长长出了一口气，感慨一下自己终于死里逃生了。他可不知道，自己高兴得太早了——诸葛亮早就命关羽在白河上游围坝蓄水，只等败退的曹军下河，就给他来个水攻术。

新野
曹

等曹仁听到有人惊呼“大水”时，滔天大水已经冲下来了，曹军人马大多来不及逃命，就被溺死了。曹仁慌忙招呼众人朝着水浅处游去，用尽最后一丝力气才挣扎着上了岸。

他不敢停留，翻身跃上一匹战马，拼命朝着白河下游逃去。

“曹仁！你关二爷的水不要钱，管你喝饱！哈哈哈！”远处传来关羽雄浑的声音，吓得曹军胆战心惊，溺死在水中的人又多了许多。

等逃到博陵渡口时，还以为自己侥幸捡回一条命的曹仁，耳边忽然又传来一阵怒吼——

“曹仁哪里跑？拿命来！张三爷在此等你半天了！”

是张飞！那如虎吼豹啸般的声音，在曹仁听来就是来自地狱的催命符，他忍不住悲声大叫：“苍天要亡我曹仁吗？”

生死关头，曹仁只能拼死迎战，冲破张飞的阻击，与前来增援的大部队会合，这才逃出生天。

丢了追赶对象的张飞也不敢耽搁，转头去和刘备、诸葛亮等人会合，几人一起登上刘封、糜芳早已安排好的船只渡河，而后弃船登岸，直奔樊城。临走前，诸葛亮还叫人放了一把火把船只都烧了，叫曹军一时之间无法渡河追赶。

一切都在卧龙先生的掌握之中，按照他的剧本完美上演。

曹操在听说诸葛亮又用火攻烧了他无数将士后，气得险些吐血，原来火攻这招是屡试不爽啊，能在博望坡烧夏侯惇，也能在新野烧曹仁。

“不杀诸葛亮这个村夫，难平我心头之恨！”

曹操被气糊涂了，他命大军在新野驻扎，一面搜山搜河，一面兵分八路向樊城进发，要把刘备和诸葛亮逼上绝路。

对于曹操的报复行为，他帐下一位名叫刘晔的谋士持反对意见，他说：“花费这么大力气诛杀刘备，十分不划算；我主张攻心为上，劝降刘备。成不成的不要紧，表面功

關

夫要做足。就算刘备不肯归降，这新野、樊城的老百姓也会知道丞相的恩德。刘备这么多年来，玩的不就是博取民心这一套嘛！”

曹操有些心动，问：“哦？那谁去劝降刘备合适呢？”

刘晔笑着说：“我举荐一人——徐庶。他与刘备有旧交，又和诸葛亮是挚友，还有谁比他更合适吗？”

曹操狐疑地问道：“他肯去吗？会不会去了之后就趁机留在刘备身边？”

“他骑虎难下，不去，或者去而不回，这脸面掉地上都捡不起来。”

果然，徐庶没有拒绝，他知道自己也没有拒绝的资本，老老实实地到樊城见刘备和诸葛亮。面对昔日的主公与挚友，徐庶心中酸涩难当，眼中含泪道：“玄德公，曹操派我来劝降，他是在作秀，想收买人心，你们不必当真，还是赶快筹谋出路要紧。”

诸葛亮轻摇羽扇微笑着说：“曹操逼近樊城，咱们就去襄阳，先避开他的锋芒，之后再慢慢图谋。”

刘备扯住徐庶的衣袖，说：“元直，你留下来帮我吧，不要再回曹营了。”

徐庶苦笑着摇摇头，说：“玄德公，我若是不回去……会……会被天下人耻笑的……”

诸葛亮说：“主公，曹操就是算准了元直不能不回去，所以才派他来。”

徐庶冲诸葛亮点点头，说：“孔明懂我，我这辈子被曹操咬死了，脱不了身了。但我还是那句话，终此一生，不为曹操献一计。他愿意养着我这个活死人，我就成全他。”

徐庶的脸上浮现出比哭还难看的笑意。

刘备也不敢强留，只得放他回曹营，而后抓紧时间安排离开樊城的一应事宜。

三国最狠的谋士

在本回中，出现了一个叫刘晔的谋士。这个刘晔是什么人呢？一言以蔽之：他是三国谋士中的第一狠人。

刘晔和刘备一样是汉室宗亲，他的狠估计是胎里带的，从小饱读诗书也没有把这股狠劲消磨掉。他究竟怎么狠呢？咱们来说一件他的逸事。

刘晔对母亲极其孝顺，刘晔的母亲恰好也是个心机深沉、聪慧过人的女子，对刘晔的影响极深。在刘晔七岁那年，刘晔的母亲重病不治，病逝前嘱咐他和哥哥道："你父亲的贴身侍从是个坏人，早晚会谋害我们家，你们兄弟俩一定要及早除掉他。"

刘晔十分了解母亲，没有把这话当成一个将死之人的疯话，而是从那天起就开始等待机会，终于在十三岁那年亲手杀了父亲的那名贴身侍从。而他的哥哥却在关键时刻打了退堂鼓，没有协助刘晔。

对儿子的行为，刘晔的父亲十分生气，刘晔却云淡风轻地说："我只是完成母亲的遗愿罢了。"三国名士许劭听说了这件事后评价刘晔道："刘晔是王佐之才啊！"

赵子龙单骑救主

——万军丛中那一袭血染的白袍

刘备率领着十几万的新野、樊城两地百姓一起去襄阳投奔刘表的儿子刘琮。谁知，到了襄阳东门后，刘琮直接紧闭城门，避而不见，与他有旧怨的蔡瑁登上城门命令手下人朝着城下百姓射箭。

刘备无奈，只得继续远走江陵避祸。

由于带着百姓，行军速度极其缓慢，又听说曹操派出的追兵快要渡江追来了，将士们私下里开始有了怨言——

“这样拖下去，要不了两三天就被曹军追上了！”

“甩下老百姓吧，否则就是白白送死！”

但也有人有不同意见——

“你们难道不是老百姓的孩子吗？怎么忍心说出这种话？世事艰难就舍弃他们，他们的命就不是命吗？”

刘备听人汇报了这种情况，却不肯舍弃百姓。诸葛亮只好派关羽到江夏，去请刘琦出兵援助，他又转身对张飞和赵云说：“翼德，你负责断后，曹军的先锋部队若是追上来，你务必要挡住，为主公撤离拖延时间；子龙，你负责保护老小，不要让他们掉队。”

关羽走后一直没有传来消息，诸葛亮不放心，便亲自去了江夏。只剩下刘备等人带着百姓慢慢向前走，每天只能行军几十里，刘备心急如焚，却也无可奈何。

诸葛亮走的第二天夜里，刘备正在野外露营休息，忽然四下里喊杀声骤起，不知道来了多少人马。刘备心惊肉跳，急忙翻身上马，率领本部的两千多军士上前迎敌。

曹军势不可当，刘备拼死抵抗，危急时刻，幸好有张飞及时赶到，护着刘备杀出一条血路来，刘备的这颗心才重新落回肚子里。

脱离危险后，刘备环顾四周，身边只剩下一百来人，跟随自己一路辗转的百姓全都生死不知，就连赵云也不见了踪影，刘备忍不住大哭出声，问：“子龙呢？”

正凄惶时，旁边不知道从哪里来的一个声音响起：“我刚刚看见赵将军了，赵将军……他……他跑到曹军队伍里去了！”

张飞勃然大怒：“什么？他降曹了？我就说小白脸靠不住！等我一矛刺死他！”

刘备双目圆睁，大声反驳说：“不可能，子龙对我忠心耿耿，他不会背叛我的，三弟你不要胡乱怀疑！”

张飞哪里肯听，他当即掉转马头往回跑，双腿猛击马腹急速前行，只剩下夜风送来他的声音：“大哥，我回去找赵云！我要亲眼看看他到底有没有投降！”

刘备含泪大喊：“翼德，子龙一定是有原因的，你千万要把子龙给我平安带回来，你不要杀……”

刘备也不知道他的话张飞有没有听见，他只能望着张飞的人与马飞驰而去，消失在夜色中。

再说张飞这边，他将主力都留在了刘备身边护卫，自己只带着二十多名骑兵，一口气跑回到长坂坡附近的长坂桥上。

曹军就在前方，硬冲不是上策，张飞急中生智，命令跟随自己来的二十多名部下全都去身后的树林去，砍下树枝绑在马尾巴上，在树林中来回奔走。

一时之间烟尘漫漫，伪装出一副千军万马滚滚而来的气势。

而他自己则是一人一骑立在长坂桥上，放话道：“我就在这里死等赵子龙。”

按下张飞不表，且说赵子龙，他返回去是因为发现刘备的甘、糜二位夫人以及儿子阿斗掉队了。可眼下，天都黑了，他的人马也都冲散了，要到哪里去寻找呢？

“如果找不到他们，拿这条命也不足以向主公谢罪啊！”赵子龙快把一口钢牙咬碎了，他单枪匹马一次次冲入曹军的包围圈内，一边厮杀，一边红着眼睛寻找，“主公信任我，把家小交给我，我为什么如此无能，竟把他们弄丢了！”

到处都是被曹军拦截的流民，这些男女老幼，要么身上带伤，要么饥肠辘辘，好像一群巨大的黑色蚂蚁在天底下艰难而痛苦地蠕动着，可怜又无助。

赵云在人群里穿梭呼喊，终于在天亮后发现了披头散发的甘夫人。

甘夫人喜极而泣说：“子龙，是主公让你来救我们的吗？快去找我的孩子阿斗，糜夫人抱着她和我走散了……”

赵云急道：“夫人，快随我离开这里！稍后我去找糜夫人和幼主！”

他抢来一匹马，把甘夫人扶上去，将她护送至长坂坡。刚走到长坂桥，就看见了立在桥头的张飞，赵云忙大呼：“翼德，甘夫人在这里！”

张飞怒吼：“赵子龙，你为什么背叛我大哥？”

赵子龙又急又怒：“我没有背叛主公，我是回去寻找主母和小主人了。你先护送甘夫人去找主公，我要回去继续找糜夫人和公子，找不到他们，我绝不苟活！”

说罢，也不等张飞搭话，反身就冲向曹军方向。这是赵子龙第七次返回了。张飞只觉得那一袭白袍在人群中分外显眼，便打定主意冷眼旁观，看看赵子龙怎样去救糜夫人和公子。

几个时辰后，赵云终于在一段残垣断壁下找到了糜夫人。她衣衫污损，满面灰尘，怀里抱着个婴孩，身上、腿上鲜血横流，显然是中了流矢。

“夫人！赵云该死，来迟了！”

糜夫人本来已经抱了必死之心，忽然听到赵云的声音，猛地抬头，眼泪滚滚而下，说：“子龙，原来是你！你来了就好了！快，你抱着阿斗走吧！”

赵云接过婴孩，撕下自己的战袍兜成个包袱，把阿斗护在自己的胸前，而后伸手就要去扶糜夫人，说：“夫人，您骑我的马，我再去抢一匹马。三将军就在前面接应，我们一定能出去！”

糜夫人脸色苍白，摇头拒绝了：“将军怎么能没有马呢？你还是快带着阿斗走吧，不要被我拖累了。”

赵云急忙劝道：“夫人，您不要说这种丧气话。我们要快些离开这里，曹军马上就追来，到时候我们想走都走不了了！”

糜夫人使劲睁开眼睛，视线直勾勾地看着那被战袍裹着的阿斗，道：“小阿斗，愿你长命百岁，糜妈妈不能再照顾你了……”

她的视线转向赵云，继续说：“子龙，你护着幼主走吧，不用管我。我把幼主交给你，你一定能把他安全地交给甘夫人和主公，我相信你……我背上和腿上都受了重伤，恐怕是，是……没多少……时间了……”

赵云一边安慰糜夫人，一边扭头四下打量，若是能再找到一匹马，糜夫人必定不会推托了。可眼前尽是流民，哪里还能再找得到马？

一个没防备，糜夫人回光返照一般，挣扎着站起身来，一头扎进了断壁旁的一口井里。

“夫人！”赵云大喝一声，飞身扑上去，却连糜夫人的衣角都没有扯住。

糜夫人坠入枯井瞬间毙命，急得赵云捶地大哭：“夫人，你寻了短见，我怎么有脸去见主公啊？”

正在这时，阿斗突然哇哇大哭起来，仿佛也明白疼爱自己的糜妈妈已经死去似的。赵云心中一痛，眼下也来不及将糜夫人的尸身带走，又担心被曹军发现盗走，于是果断

伸出猿臂猛地用力，将那半截断墙推倒，掩埋住井口，而后郑重地磕了三个头，说："夫人放心，子龙用性命担保，必定会将幼主送到主公身边，否则……我以死谢罪！"

做完这一切，赵云转身上马，没走多远就发现目之所及全是曹军，密密匝匝，一眼望不到边。赵子龙卸下自己盔甲上的护心镜，护在阿斗的身前，又紧了紧身上的包袱，让婴孩紧紧贴着自己的胸口，然后轻声安抚道："幼主，暂且忍耐一下，不要哭，末将救不了糜夫人，一定拼死保护你的周全。你若是一直哭，惊动了曹操大军，咱们就走不了了。"

他的话音刚落，怀里的阿斗仿佛听懂了似的，竟然神奇地止住了哭声，呼呼睡去。赵云放下心来，这才挺枪拍马边冲边杀，在人海中穿梭辗转，那一袭白袍上尽是血污，已经分不清是他的还是曹军的。

赵子龙所到之处，曹军就像是大风天的麦子一样纷纷倒伏，这可气坏了曹操的大将张郃，他怒气冲冲地提枪上阵，放话道："我去会会这狂妄之徒！"

赵云也不搭话，更无暇顾及来将是什么人，他举枪就刺，已经杀红了眼。几个回合一过，张郃渐渐落了下风，他故意倒提着长枪败退，把赵云引向陷坑。

"扑通！"赵云连人带马掉入土坑里。

张郃哈哈大笑，说："我看你还嚣张不嚣张！"

他正准备命令小校去抓赵云，突然，土坑里一道白光冲天而起，赵子龙竟然骑着白马从陷坑中一跃而出。与此同时，赵子龙的枪也到了，险些刺中张郃的面门。张郃吓得退出一射之地，但立刻又有四员曹军大将扑了上来，把赵子龙团团围住。

若是照着这种车轮战法，赵子龙纵然浑身是胆、一身本领，早晚也得累死。可赵云脸上毫无惧色，他一手长枪，一手青釭剑，力战四方曹军，口中大喊："来得好，今天就让我常山赵子龙杀个痛快！"

远在山顶观战的曹操看到他一人一骑杀退众将，所到之处无人能挡的情形，也忍不

住喝了一声彩：“好一个威武的白袍将军！”

“那人是谁？”曹操问身边人。

“他说他是常山赵子龙。”曹洪答道。

刘备又是怎么淘换来这样的大宝贝啊！一时间，羡慕、嫉妒、怨恨……各种复杂的情绪纷纷涌上心头，还掺杂着浓烈的爱才之心，他忍不住喃喃道：“这位将军实在英勇，七进七出，所向披靡，要是能收入我的麾下该多好啊！”

于是，他急忙向三军传令：“不许放冷箭，我要活的赵子龙！”

曹军将士听了曹操的命令，便不敢对赵云下死手，只能围着赵云团团转。可赵云一心要护着幼主逃出生天，杀红了眼，根本不管对面是兵是将，是人是鬼，接二连三伤了五十多员将领，就连曹营的大旗都被他砍倒了。他的枪折了，就抢来长矛槊戟抵挡厮杀，直杀得浑身上下血染征袍，宛若地狱来的阿修罗。

如此众寡对比下，倒是被他很快杀出了重重包围圈。此时的赵云渐渐体力不支，气喘不匀，眼冒金星，但他不敢耽误片刻，只是伏在马身上，用身体护住胸前的阿斗，凭着越来越模糊的意识，朝着长坂坡的方向奔去。

直到看见桥上那个黑黢黢的身影，他才拼尽浑身最后的力气，手指胸前大叫：“翼德，快来救幼主！”

张飞见状，才是完全信了他是回去救人，当即闪出一条路放赵云过去，自己则拦在长坂桥头，说：“大哥在前面，你快走，我来拦住追兵！”

这粗粝的声音就像一股暖流注入赵云的心中，浑身仿佛又蓄满了力气。

他纵马过桥，继续拍马前行，估摸着前进了几十里，终于找到了正在路边大树下席地而坐休息的刘备和甘夫人。

赵云滚鞍下马，先把怀中的阿斗递给刘备，然后才跪在刘备面前，磕头如捣蒜，边请罪边说：“主公，子龙有愧！辜负了您的嘱托！”

曹

曹

刘备顾不上看自己的儿子一眼，转身将阿斗递给甘夫人，而后连忙伸出双臂扶起赵云。只一眼，刘备就被赵云浑身是血的模样惊呆了，痛声问道：“子龙，你怎么变成这副模样？发生什么事了？”

赵云舔了舔皴裂的嘴唇，一五一十地把单骑救主的经过讲了一遍，直听得刘备泪流满面，连连说：“子龙，辛苦你了！辛苦你了！”

赵云一脸劫后余生的庆幸：“幸好幼主平安无事！”

刘备听他这么说，眼中闪过一丝懊恼的光，他转身将阿斗抱过来，高高举过头顶，恨恨道：“为了你这个小儿，险些害我折损一员大将！要你何用！”说着话，就要将阿斗往地上摔去。

赵云急忙阻拦，抱着阿斗哭着说：“子龙没能救下糜夫人，已是罪该万死！如果主公迁怒于幼主，那子龙就无颜活在世上了！”

刘备也流下眼泪，说：“子龙何罪之有？不仅无罪，还于我有大恩！阿斗是我唯一的儿子，我刘备应该谢你才是，我替刘家列祖列宗谢谢你！”

赵云哭着拜谢道：“主公，子龙就算粉身碎骨、肝脑涂地，都无法报答您的知遇之恩！”

刘备与赵云又抱头痛哭一番，君臣之间的这段知遇佳话一直流传了千年。

中国古人为什么一定要“入土为安”

在本回中，糜夫人去世后，赵子龙推倒土墙掩埋井口，除了要藏住糜夫人的尸身避免被曹军发现，还有另外一层意图——造一个临时的墓穴，让糜夫人入土为安。

你知道吗？在中国古代，人们认为人死后应该入土为安，这是非常重要的事情。

这种思想源于上古时期人们对死亡的恐惧，那时候人死后如果被弃尸荒野，就会被日晒雨淋，被野兽啃食，亡者会不得安宁。于是就出现了“入土为安”这种丧葬形式，后来还衍生出各种隆重的丧葬礼仪。

以孔子为代表的儒家文化十分重视丧葬之礼，认为丧礼、祭礼等安顿死亡的礼仪比其他处理日常生活的礼仪更为重要。曾子说，“慎终追远，民德归厚矣”，这是将重视祭丧之礼视为提高民众道德涵养的重要手段之一。

受儒家思想的影响，重视亡者“身后事”的观念深深扎根在古代中国人的心中。

这就是赵云在没有办法厚葬糜夫人的情况下，要用土墙给她造一个临时坟墓的原因。

张飞喝断长坂桥

——这就是传说中的三将军

话说，赵云冲出包围圈后，一路追击赵云的曹军先遣部队，乃是曹军大将文聘。

文聘追到长坂桥前，这才注意到桥头横矛立马站着一个黑塔般魁梧的汉子。那汉子面如黑炭，眼如铜铃，满腮胡须钢针一般根根竖立，粗糙的大手紧紧攥着一柄丈八蛇矛，仿佛都能攥出火花来。这不是张飞，又是谁？

文聘心中警铃大作，他越过张飞的肩头，看到后方树林中尘烟滚滚，显然是埋伏了不少兵马。

“怪不得赵云如此胆大妄为，原来在使诈诱敌！”文聘心中暗道。

他使劲压下心头的惧意，刚要上前搭话，不料张飞早就认出了他，怒骂道：“叛徒，你还有脸到阵前来！你这个背弃主公的叛徒！你主子刘表刚咽气，身子还没凉透呢，你就投降了曹操，你这条走狗！”

文聘刚要上前反驳，身边的副将却提醒道：“将军，不要被他激怒，小心中了诸葛亮的诡计！”

不一会儿，曹仁、李典、夏侯惇、夏侯渊、乐进、张辽、张郃、许褚等将也都追了上来，看着树林中的滚滚尘烟，也都不敢轻举妄动，干脆在桥头一字排开，扎住阵脚，

派人快马去将情况报告曹操。

又过了一会儿，曹操在将士们的簇拥下过来了。

张飞看着曹军队伍中间破开一条道路，一顶华丽的青罗伞盖在无数旌旗的护送下缓缓靠近，心下立刻明白了——看这阵势，一定是曹操亲自来观阵了。

张飞看着对面的千军万马，想想自己身后只有二十多名骑兵虚张声势，只要曹军冲过长坂桥，必然能识破自己的障眼法。若是让他们长驱直入，不出数里就能追上大哥他们。而军师不在，二哥不在，大哥身边只有一个身受重伤的赵云，如何抵挡得住曹操的千军万马？

“他们想过桥？除非从我的尸体上踏过去！”张飞在心中暗自下了决定。

曹操生性多疑，如何才能将他也糊弄过去呢？张飞想了想，心中有了主意。他紧咬牙关，深吸一口气，而后使出全身的力气吼道：

“我乃燕人张翼德，谁敢和我决一死战？”

这一声怒吼响如雷鸣，穿云裂石，惊起林中鸟兽无数，仿佛连空气都震动翻滚起来。曹军闻之，都两股战战，害怕不已。

曹操在中军听到张飞的怒吼，忙问身边人：“他说他叫什么名字？”

“张翼德。”

“原来他就是张飞呀！”

曹操的记忆瞬间被唤醒，关羽在斩杀名将颜良后曾说过这样一句话——“若是我三弟张翼德在此，于百万军中取敌军上将首级，亦如探囊取物一般简单！”

想到这里，曹操不禁后脑勺一凉，连忙命人撤去了自己的华盖。

身边有人问：“丞相认得张翼德？”

曹操心里畏惧，面上却不显，笑着说：“以前听云长说起过这个人，据说是个厉害角色，我却有几分不信。他这看着就像个莽夫，你们谁去试试他的本事？”

曹

恰好在此时，张飞又发出了第二声怒吼：

“燕人张翼德在此，谁敢和我一战？”

曹操环视左右，再次询问谁可以去会一会张翼德，周围无人敢回应，甚至有人羞愧地低下了头。曹操不悦道：“怎么？你们都被这家伙吓破胆了？”

众人都不搭腔，心里都在默默盘算：虽然没有和这尊黑杀神对过阵，但关羽的厉害大家都知晓，这人是关羽的义弟，总不会差太多，谁去不是送死呢？横竖逃不出他的蛇矛。

曹操见状，心中叹了一口气，也有了退军的打算。

“战又不战，退又不退，你们想干什么？”还不等曹军动作，张飞的第三声喝问也到了。

那声音仿若晴天霹雳，风云为之变色，天地为之摇撼，曹军将士直接吓得肝胆欲碎，不由自主地齐齐后撤了一步。曹操身边一位名叫夏侯杰的将军，更是直接“哇”的一声吐出一口鲜血，从马上栽倒下来，竟是被张飞的厉喝当场吓死。

曹操被这一变故惊得慌了神。

“若是我三弟张翼德在此，于百万军中取敌军上将首级，亦如探囊取物一般简单！”

关羽的这句话再次在曹操的脑海里响起，让曹操感到头皮发麻。他不由自主地用手摸了摸自己的脑袋，那里已经有了密密的一层冷汗。擦了汗的手停在半空中，不知怎的就变成了一个“撤退”的手势，于是曹军如潮水般匆忙退却了。

张飞见曹军后方阵脚开始移动，当即又吼了一句：“跑什么呀？来跟你张爷爷杀个痛快呀！”

曹操见自己已经跑这么远了，还能听见张飞嘹亮的声音，当即被张飞的威势震慑住了，越跑越恐惧，生怕张飞追上来，于百万军中取他的脑袋。他催促众人快些跑，直跑得发簪也掉落了，头发散落在肩头，实在不成个体统。

好不容易停下来，大家原地休整，张辽悄悄凑到曹操耳边轻声说：“丞相大人，末

曹
曹

将怎么看都觉得张飞在使诈，他背后的林中也许没几个人。”

曹操大口喘着粗气，反驳道：“不可能！以诸葛亮的谋略，他会打这种没有把握的仗？若我们冒险冲过长坂桥，他的第三把火正等着我们怎么办？”

原来，诸葛亮的第一把火烧了博望坡，第二把火烧了新野，把曹操给烧得心悸，烧得疑心病更重了。

张辽又说：“丞相大人，我猜现在关羽和诸葛亮都不在，要不然，刘备也不会派张飞来把守长坂桥。丞相要是不放心，不如让我先去探探虚实，再做打算。”

“你的猜测有把握吗？”曹操问。

“八九不离十。”张辽答。

“那就辛苦文远你和许褚跑一趟，再回长坂桥头看一看，如果……情况真如你所说，你们就……”曹操说着，做了一个杀人的动作，“除掉刘备，让我睡个安稳觉。”

张辽和许褚火速回到长坂桥头，那里早已不见张飞的身影，就连横在河上的长坂桥也被人砍断了。张辽望着滚滚河水不禁发出一声叹息：“谁说张飞是个大老粗？断后，诈兵，毁桥，撤退，一气呵成，心思缜密得很啊！”

眼前滚滚河水奔腾不息，马儿都不敢迈蹄上前，张辽无法，只得回去把情况上报曹操，曹操听了大喜，说：“断桥就说明张飞心虚，刘备必定就在不远处！连夜搭桥给我追，务必要杀了这个大耳贼！”

撇开搭桥的曹军众人暂且不提，且说张飞这边，他毁桥后立刻带人赶路，只用了半天时间就追上了刘备，眉飞色舞地把来龙去脉都讲了一遍。

刘备听到他拆桥这里，心里立刻凉了半截，说：“三弟你画蛇添足啊！你不拆桥他还会担心有埋伏，这桥一拆，曹操必定就能猜到我方的底细，怕是马上就要追上来了。”

当下，刘备也不敢耽搁，立马起身，率领众人向汉津急速进发。

谁知，曹操的追兵来得好快，刘备他们快接近汉津的时候，突然就发现后方尘土飞

扬，眼看曹军就要追上了。

前有大江，后有追兵，已到生死存亡的危急关头，刘备忍不住眼前一黑，心中暗暗叫苦："天要亡我啊！"

赵云火速打马上前御敌，为刘备逃跑争取时间。

但曹操想抓刘备的心实在太迫切了，他为了激励众将捉拿刘备，将封赏一升再升，那是许多人奋斗十辈子都得不到的财富和地位。一时之间，曹军上下都像打了鸡血一般，个个不顾生死，奋勇向前。

"活捉刘备，大富大贵！"

"兄弟们，冲啊！"

"刘备就在前面，别让他跑了！"

…………

眼看刘备就要被蜂拥而至的曹兵追上时，突然从山坡后传来一声怒吼："关云长在此恭候多时了！"

话音未落，赤兔马驮着一袭绿袍的红脸大将冲杀出来，迎战曹军，那青龙偃月刀闪着寒光，正是关羽关二爷！

原来，关羽到江夏搬救兵，刘琦感念刘备与诸葛亮对他的救命之恩，立刻拨出一万兵马交给关羽。关羽回程途中遇到了诸葛亮，又听说了长坂坡大战，当即按照诸葛亮的部署，转道埋伏在去汉津的路上，专等曹操。

曹操发现半路上杀出来一个关羽，立马勒住马头失声大叫："快撤！又中诸葛亮的计了！"

关羽追出十几里地，确认曹操大军撤走了，这才回军追上刘备。兄弟二人死里逃生，都感慨良多，特别是对今天曹操的恣意妄为又是愤怒又是无奈。

关羽叹了口气，说："那年许田打围，曹操目无天子，狼子野心暴露无遗。要是那

时兄长不拦着我，由着我动手了结了他，也就没有今天的事了。”

刘备也情不自禁地叹口气，说：“唉！谁说不是呢！可我当时也是投鼠忌器啊！”

没等二人懊恼多久，江上忽然出现了数艘战船。等船只靠近了，才发现来人是刘琦和诸葛亮，他们带领着江夏的所有兵马前来接应。

等刘备和诸葛亮等人在船中坐下后，众人先后见礼，诉说了近日的经历，几人均眼含热泪，感慨刘备的惊险过关。

随后，侍者端茶上来，几人啜饮了几口，平复心情。刘备忽然长长地叹了口气，说：“可惜了，襄阳城的魏延将军没能为我所用。那是个有勇有谋的人，要是他能追随我，我帐下又多一员虎将啊。”

诸葛亮听刘备如此感慨，脑海中迅速回想起一张不太熟悉的面孔——

他有着一张和关羽相似的枣红色脸膛，身高八尺，健壮魁梧，眼睛里挂着军旅生涯所带来的隐忍、坚毅和狠辣。但……

诸葛亮思索良久，最后在心里下了这样一个结论——这个人天生反骨，恐怕不堪大任。

然而表面上，诸葛亮却不动声色，他轻摇羽扇，佯装漫不经心地问：“主公，您了解魏延这个人吗？”

刘备摇摇头说：“不甚了解。但他似乎对我有所了解。襄阳城下时，他不惜除掉守门将士，放下吊桥，要迎我入城。但我实在不忍心与襄阳守军起冲突，导致百姓受苦，这才匆匆离开了襄阳城。魏将军也在襄阳与文聘大战以后下落不明，要是他能追随我们的队伍，一路上想必也能成为我的一条臂膀。”

诸葛亮微笑着说：“明公爱将才，人之常情。主公也不必可惜，我敢打包票，您以后会得偿所愿的。”

刘备问：“军师这也能推演？”

“略通一二，聊以自娱罢了。”

投鼠忌器，是刘备的心结

在本回中，刘备提及当初许田打围不允许关羽对曹操下黑手的原因时，使用了一个成语“投鼠忌器”，这是什么意思呢？

投鼠忌器，原本的意思是想投掷东西打老鼠，却担心把老鼠旁边的精美器具打坏了而不敢下手。后常用来比喻做事有所顾忌。这个成语典故出自《汉书·贾谊传》。

贾谊是汉文帝时期著名的文学家、政治家。当时的绛侯周勃被人诬告谋反，被逮捕入狱，遭受狱吏的酷刑折磨，差一点就屈打成招了。后来，周勃被证实无罪，恢复了爵位和封邑，但受过的酷刑却无法逆转。贾谊因此写了一篇《论政事疏》，向汉文帝提议“刑不上大夫”，即王侯大臣们犯罪了，可以处死，但不应该施加酷刑，他们是天子近臣，施以酷刑会损伤天子的威严。为了说服汉文帝，他还在奏疏中讲述了这样一个故事：从前，有一个富商，十分喜爱古董，家里收藏了许多价值连城的宝贝。其中，有一件名叫玉盂的古董，精美绝伦，巧夺天工，深受富商的喜爱。但是有一天晚上，富商发现有一只讨厌的老鼠跳进了玉盂中，精美的玉盂被老鼠蹭得脏兮兮的。富商怒火中烧，随手摸起一块东西就砸向了老鼠，老鼠被砸死了，可精美的玉盂也被砸碎了，富商为此追悔莫及。

贾谊用这个故事想要表达一个观点：打老鼠的时候，要顾虑一下精美的古董会不会被打碎；处罚臣子的时候，也要考虑一下是否会损伤皇帝的权威。

刘备在许田打围的时候，也是考虑到这个因素——当时的汉献帝被曹操挟制，他自己又孤掌难鸣，如果贸然除掉曹操，不仅有可能伤到汉献帝，还有可能让天下又回到一团混乱的局面，所以，刘备才不敢让关羽攻击曹操。

诸葛亮舌战群儒

——孔明的舌头千金不换

话说，刘备与刘琦会合后，听从了刘琦的建议，暂时避祸江夏。

曹操这边，自从被关羽拦截了一波后，担心有伏兵，也不敢追击，干脆先一步占领了江陵。而后，率领百万大军长驱直入，直逼江东。

曹操十分担心刘备会与东吴的孙权联合，于是主动派出使者到江东，开出优渥的条件，想和孙权一起擒获刘备。

此时的东吴，也已经得知了曹操大军逼近的消息，从上到下都议论纷纷：有的主张与曹操硬拼；有的主张归顺曹操，使百姓免于战火。

东吴之主孙权一时之间也拿不定主意，曹操虎视眈眈，屈居在他之下并不是长久之计，他有心与刘备联合，共同抵抗曹操，又担心刘备并无此意。

大臣鲁肃毛遂自荐，愿意借着“给刘表吊丧”之名亲自去一趟江夏，替主公探听一下刘琦与刘备的打算。

鲁肃的这个主意，与诸葛亮不谋而合。

在江夏的诸葛亮，分析完目前的局势后，也向刘备陈述了他的意见：“如今曹操率领百万之众盘踞江汉，虎视眈眈，除非与东吴联合，否则我们没有胜算。”

刘备点点头，认为这是个好办法。

但刘琦十分担忧地问："他们能同我们联合吗？先生有所不知，东吴与我们有旧仇，孙坚死于先父部下黄祖之手，此后两边一直没有来往……"

"你有没有听说过这样一句话：敌人的敌人就是朋友，"诸葛亮微微一笑，又对刘琦说，"你可以放出消息，说要为父亲举办葬礼，看看东吴会不会派人来吊唁。若是有人来，那就有对话的机会！"

刘备点点头，接着问："军师，你觉得东吴会派谁来试探我们的态度？"

"八成是鲁肃。这是一个老实人，若是他来，事情就好办了。"诸葛亮摇着羽扇，胸有成竹地说。

果然不出诸葛亮所料，没过几天就有士兵来报，说东吴派使臣鲁肃前来吊丧。在诸葛亮的授意下，刘琦以隆重的礼仪接待了鲁肃，又将他引入内室与刘备相见。而诸葛亮自己则躲在屏风后，等着刘备先吊一吊鲁肃胃口，为自己的出场造势。

鲁肃一番寒暄之后，立刻单刀直入，向刘备打探曹操的虚实。

主桌上的刘琦暗暗心惊："孔明先生果然神机妙算，这鲁肃的一举一动、一言一行都和他所料分毫不差呀！"

一旁的刘备则是按照诸葛亮的安排，在脸上挂着憨厚的笑意，无论鲁肃想探听什么消息，他都说："这事我并不知内情，还得问问孔明。"

一连几次都是这样，鲁肃只得尴尬地一笑，问："那么，可否请诸葛先生出来一见？"

话音未落，诸葛亮就从内室一闪而出，朗声道："子敬先生，久仰久仰！"

鲁肃见诸葛亮面如冠玉、神采飞扬，便知道他是个高人，连忙恭敬地上前行礼，说："先生大名，肃如雷贯耳，今日得见实乃三生有幸！希望能听一听先生对如今局势的见解。"

诸葛亮摇扇悠闲一笑，说："子敬过誉了，亮不过是个山野村夫，哪里有什么见解？"

鲁肃忙说："先生不必过谦，您那两把火，烧得曹军狼狈逃窜，这事何人不知，何人不晓啊！"

诸葛亮笑着摇摇头，故意绕弯子，说："曹操有百万大军，我又怎么能烧得完呢？他如今沿江攻城夺寨，我和主公都无处安身了，纵然我胸中有妙计万千，也无法施展。当务之急，不过是寻个稳妥的地方，暂且避避风头。"

鲁肃果然耿直，听他这么说，急得立刻站起身来反驳说："那怎么行？兵临城下，躲又能躲到哪里去呢？那曹操野心勃勃，图谋天下，刘皇叔难道还想独善其身吗？我家主公盘踞江东六郡，兵精粮足，又极为敬重贤士，刘皇叔不如派遣心腹之人随我去江东，与我家主公共谋大事。"

诸葛亮故作为难地说："我家主公和孙将军向来没什么交情，怕是难以共同谋事啊！"

鲁肃急忙说："怎么会没有交情呢？诸葛先生的哥哥现在就在江东任参谋，天天盼着和先生相见。先生不如亲自走一趟江东，也就知道我家主公的诚意了。"

刘备连忙按照诸葛亮交代的出声反对道："不成！不成！子敬，我需要军师给我拿主意，一时半刻也离不开，他怎么能去江东呢？"

鲁肃又是费了九牛二虎之力，这才说通了刘备派诸葛亮过江议事，直把个老实人鲁肃累得口干舌燥、满头大汗。诸葛亮和刘备却在心里偷偷笑——鲁肃如此费劲相邀，诸葛亮算是将主动权拿捏在自己手里了。

于是，诸葛亮辞别刘备和刘琦，跟着鲁肃一起登船朝江东去了。

等鲁肃和诸葛亮抵达江东时，曹操邀请孙权一同出兵讨伐刘备的檄文也到了。

孙权召集众大臣议事。大臣张昭第一个跳出来主张议和："曹操有百万雄兵，借天子之名征讨四方，名正言顺。我们若是正面迎战，无异于以卵击石！一旦打起来，必定山河变色、生灵涂炭！可百姓无辜啊！还请主公体恤民众，跟曹操议和吧！"

堂上立刻有武将怒气冲冲地反驳说："你怎么能长别人的锐气，灭自己的威

风呢？”

张昭一脸平静地解释说：“我江东没有百万兵卒，所倚仗的只有长江天险，如今曹操夺了荆州，长江天险已经不再是我们的屏障了。况且，曹操早已开始训练水军，如今占据天时地利，难道将军有打赢他的把握吗？”

一群文臣七嘴八舌地说：“对，张大人说得对！”

那名武将不服气地说：“就算打不赢，我也不会屈膝投降！”他身后那群东吴将领也跟着大呼小叫起来。

一时之间，大堂上吵作一团。孙权一摆手，沉着脸说：“都别吵了，让我静静。”说完，他就起身向内室走去。

鲁肃也悄悄地跟上去。孙权见他跟过来，站定后问他：“子敬，你是有什么想法吗？”

鲁肃忙快步上前行礼，说：“我有些话……想单独跟主公说。”

“你说。”

“我跟张大人的想法不一样。江东大小官员都可以降曹，唯独主公您不能。您若降曹，就只有死路一条！”

“我也是这样想的，”孙权低声道，“可曹操如今得到了袁绍的人马，又得到刘琮的荆州兵将，实力大增。我军实力远远比不上曹操……子敬可有良策？”

“眼下唯一的生路，就是联合刘备共同抗曹。”

“怎么联合？”

“我此去江夏，将诸葛瑾的胞弟诸葛亮请来了江东。他是刘备的军师，可以代表刘备。他现在就在馆驿中歇息，主公不如召见一下他？”

“可是那位卧龙先生？今天太晚了，你明天上午请他过来吧。”孙权想了想，又说，“明天召集百官议事，也让卧龙先生见识一下我江东才俊。”

第二天一早，鲁肃前往馆驿见诸葛亮。临出发前，他反复提醒诸葛亮：“先生，一

会儿见了我家主公，千万不可说曹操兵多啊！一定记住。”

诸葛亮饶有兴趣地说：“你就放心吧，我自会随机应变的。你这已经是第三次提醒了，莫非孙将军还畏惧曹操的百万雄兵不成？”

鲁肃苦笑着摇摇头，不再接话，引着诸葛亮去见孙权。

诸葛亮到了之后一看，堂上有二十几名文官，最前面的想必就是东吴文官之首张昭了，眼下孙权并不在其中，八成是躲在暗处偷偷观察自己呢。

诸葛亮面上一团和气，与众人一一见礼问候，然后落座。

江东众人看到诸葛亮后都惊呆了，就连躲在屏风后的孙权都大吃一惊。江东自是不缺风流人物，也有像周瑜这样风流倜傥的潇洒男儿，但今日一见诸葛亮，众人都有眼前一亮的感觉——他剑眉星目、气宇轩昂，羽扇鹤氅，言笑晏晏，宛若谪仙人。他一开口说话，金声玉振一般，令人不由自主地被他吸引。

“刘备一个卖草鞋的，是怎么把诸葛亮这样的风流人物收入帐下的？”有那么一瞬间，孙权甚至羡慕起刘备的本事来了。

张昭一看到诸葛亮，就已经猜到了他是刘备派来说服孙权联合抗曹的，于是，他首先发难，问：“我听说先生有个雅号叫‘卧龙’，还曾自比管仲、乐毅，一个乡下人也敢这么自大吗？”

东吴众人哄堂大笑，诸葛亮却一脸淡定地笑着轻摇羽扇，说：“刘皇叔为请我出山，三顾茅庐，被天下传为美谈，怎么阁下没有听说过吗？是东吴地处偏狭、信息不通，还是尊驾年老耳背、孤陋寡闻呢？不过不要紧，今天我可以亲口证实，‘卧龙’确实是我自封的，管仲、乐毅亦不如我高明，我将来的成就必在这两人之上！”

张昭听了，不由得倒抽一口冷气，冷笑道：“好凌厉的一张嘴！就是不知道先生胸中谋略如何？听说您曾豪言要席卷荆襄，如今可都落在了曹操的手中，先生是怎么谋略的呢？”

诸葛亮心中暗想：这张昭既是江东名士，又是孙权手下第一谋士。要想说服孙权，就必须先将他驳倒。

想到这里，诸葛亮又笑着说：“在下不才，胸中也有百万谋略，助我主公夺取荆襄本是小事一桩。奈何我家主公仁义，不忍心夺占同宗的基业，这才极力推辞。刘琮那孩子，听信谗言，偷偷降曹，这才让曹操猖狂至此。不过，我家主公现如今在江夏屯兵，其中谋略就不方便让众位知晓了。”

张昭嗤之以鼻地说：“你的本事都在舌头上了吧！刘皇叔没有你之前，也颇有些基业；自从请了你出山，这日子反倒过得越来越恓惶了！”

不等张昭话毕，他身后又站出来一位谋士，接着张昭的话头奚落道：“‘卧龙’先生真是好胸怀！别人家的谋士如若令主公丢新野、失樊城、败走襄阳、蜗居江夏弹丸之地，早就羞愧得头撞南墙、以死谢罪了，哪还有脸皮侃侃而谈呢？”

江东众人听了，笑得前仰后合。

诸葛亮干脆站起身来，眼中流露出犀利的光芒，他用羽扇先指了指张昭，又指了指江东众人，一脸讥讽地说：“燕雀安知鸿鹄之志！你们这群目光短浅的迂腐儒生，就只盯着眼前的得失，真是鼠目寸光！可笑！可笑！我家主公刘皇叔是一位顶天立地、大仁大义的君子，不忍夺占同宗的基业，所以才让曹贼趁机取了襄阳。你们只看得到我家主公失利，却看不到几十万百姓自愿随我家主公渡江迁移，只愿做他的治下之民。我家主公亦是宁愿被曹军追赶也不忍抛弃百姓，这样的大仁大义当世罕见。再说了，胜败乃兵家常事，怎么能以一时的成败论英雄？楚霸王项羽力能扛鼎，称霸一时，高祖皇帝刘邦也曾数次败给项羽，但垓下一役高祖皇帝反败为胜，最终建立了大汉王朝。刘皇叔兵不过数千，将不过十数，还能够火烧博望、白河用水，让夏侯惇、曹仁等人胆战心惊。大败曹操的大军，不过是时机未到。你们这些迂腐儒生，懂什么家国社稷，知道什么韬略兵法？不过是些摇动唇舌、卖主求荣的无能之辈！如何敢嘲笑起我家主公来？真真是笑死天下人！”

诸葛亮这番话如激流奔涌，铿锵澎湃，字字诛心，句句戳人，把江东众人骂得哑口无言，张昭只觉得自己脸皮发烫、双腿发抖，几乎坐立不住。

诸葛亮不给众人喘息之机，接着说：“我主公家底薄弱，接连遭遇曹军主力挫败，几乎全军覆没。但就算只剩下一兵一卒，也不会降曹。可你们江东物阜民丰、人才辈出，竟然口口声声要投降，难道就没有一个硬骨头的好男儿吗？你——张昭——就是罪魁祸首，你这老酸儒百年之后，有什么脸面去地下见列祖列宗？你信不信，江东百姓日日夜夜戳着你的脊梁骨骂你是个奸贼！”

“砰！”张昭一口气没喘上来，直挺挺地倒在案上，众人连忙扶拥着抬了下去。堂上再无一人搭腔，都被诸葛亮的气势震慑住了，一个个呆若木鸡、垂头丧气。

“说得好！”一人从外面走了进来，双手为诸葛亮鼓掌，“不愧是‘卧龙’！”

接着，他又转向江东众人，厉声斥责道：“诸葛先生远道而来，你们却想着逞口舌之快，向他发难，这是敬客之道吗？曹操大军临境，你们不想着如何退敌，反倒在这里斗嘴，是人臣所为吗？”

众人朝他看去，来人原来是老将黄盖，东吴的粮官。

黄盖朝着诸葛亮行了一礼，而后说：“在这里和这些人争论有什么意义呢？不如将您的高见说与我家主公听？”

诸葛亮颔首，而后在黄盖和鲁肃的引领下，进入内室见孙权。孙权笑盈盈地请诸葛亮入座，而后问：“曹操兵临江东，先生怎么看？”

诸葛亮抬眼看了一眼孙权：碧眼紫髯，相貌堂堂。他在心中暗暗有了主意：“这个人相貌非同寻常，只能激他，不能劝说。”

于是，诸葛亮整了整衣襟，羽扇轻摇，装作无关痛痒的模样说：“曹操有雄兵百万……”

“咳，咳！”鲁肃在一旁假装咳嗽，想打断诸葛亮。

诸葛亮并不理会，清了清嗓子继续说：“曹操有雄兵百万，想必孙将军也无力抵挡，不如趁早投降吧。”

孙权愕然，问：“投降？你方才不是主战吗？”

诸葛亮笑道：“我方才讲的是我家主公，他可是汉室宗亲，怎能降尊纡贵投降曹操呢？”

“那你让我投降？”孙权生气地问。

“你可以投降呀，孙将军。你和我家主公情况又不一样，你还是算了吧。”

孙权气得胸膛都要爆炸了，直接拂袖而去。多亏了鲁肃从旁劝解，孙权这才明白过来，诸葛亮是故意激他表态，于是回来恭恭敬敬地向诸葛亮求教。

而诸葛亮此时也已经试探出了孙权的真心，于是详细说了孙刘联合抗曹的大计。

孙权大喜过望，说：“这下我父兄创立的基业可以保住了……我得安排起来……”

“孙将军别急，”诸葛亮伸出羽扇在空中一拦，“张昭等人说不过我，必然要去搬救兵，只有彻底说服了他，咱们两家才能精诚联合。”

诸葛亮说的“救兵”就是周瑜，东吴的大都督，不仅位高权重，而且颇有威望。张昭等人见无法在口舌上战胜诸葛亮，立刻赶去柴桑见周瑜。周瑜听他们说完，言笑晏晏地说道：“各位不必担心，我也主张降曹，明日一早我就去见主公，到时候自有定论。”

张昭等人走后，主战的程普、黄盖等人也来了，周瑜也笑着听他们说完，而后对他们说：“各位不必担心，我也主张力战，明日一早我就去见主公，到时候自有定论。”

程普等人走了之后，又陆续来了几拨人，主战的、主降的都有，周瑜一一顺着他们的话头安抚下来。

等到了晚上，鲁肃带着诸葛亮来求见。周瑜知道鲁肃是主战派，想争取自己的支持，

诸葛亮怕是也有这个意思。但周瑜想让诸葛亮开口求自己帮忙，于是故意说：“子敬啊，大家都主张投降，你又何必节外生枝呢？”

鲁肃还没答话，诸葛亮就冷笑一声，说：“其实不必出兵，想击退曹操，只需要两个女子。”

鲁肃疑惑地问：“什么女子？”

诸葛亮笑着说：“我在隆中的时候，就听说曹操在漳河岸边建造了一座铜雀台，广泛搜罗天下美女充实铜雀台。曹操早就听说江东乔公有两个貌美如花的女儿，合称‘江东二乔’，还曾发誓说，平生之愿就是将二乔抢去，安置在铜雀台。听说曹操这老贼因为好色，几次三番险些丢了性命。如今气势汹汹来南征，未必不是为了江东二乔，真是本性难移啊！只要你们献出这两个女子，就可不费一兵一卒退曹兵！岂不是更快？”

周瑜勉强压住心中的怒火，问：“你说曹操想要得到二乔，有什么证据？”

诸葛亮说：“都督有所不知，那曹操父子可都是爱卖弄文墨之徒，他在铜雀台建成之时，就让儿子曹植写过一篇《铜雀台赋》，哎呀……词句虽然华丽，但实在不堪入目，什么‘揽二乔于东南兮，乐朝夕之与共’……”

“好你个曹操，真是欺人太甚！我和曹老贼势不两立！”不等诸葛亮说完，周瑜就已经气得从座位上站起来大骂不止。

诸葛亮做出一副被吓到的样子，用不解的语气问道：“都督这是怎么了？”

“诸葛先生有所不知！大乔是我家主公的大嫂、先主孙伯符之妻，小乔是周都督的夫人。”

诸葛亮连忙一揖到底，请罪道：“哎呀，都督恕罪，我实在不知，失言造次了！”

此时的周瑜脸色一片铁青，他知道自己已经中了诸葛亮的激将法，但他的意志却前所未有地坚定起来，他斩钉截铁地说：“战！必须和曹贼死战到底！”

诸葛亮见状，还假装劝了两句，让他三思，免得以后后悔。

周瑜则坚定地说："先生勿怪，我之前那话，不过是为了试探一下你。我受先主孙策所托，哪有屈身降曹的道理？就算刀斧加身，也改变不了我北伐曹操的念头，还希望先生能助我一臂之力！"

诸葛亮眼见目的达成，自然乐呵呵地答应了。

这就是诸葛亮与周瑜的第一次会面。

诸葛亮对周瑜的第一印象是：翩翩公子之貌，风流才子之态，英雄豪杰之魂，奈何心胸狭隘，十有八九是个短命鬼！

而周瑜对诸葛亮的第一印象是：他不是人，是妖。他那双眼睛，把自己的心事看得透透的，还能准确地戳中自己的肺管子。这个人，绝对留不得，否则必成心腹大患！

趣味链接

曹操"揽二乔"的誓言是真的吗

在本回中，诸葛亮为了刺激周瑜，提到了曹操在邺城修建的铜雀台以及曹植所写的《铜雀台赋》。这篇赋是铜雀台建成之日，曹操命曹植写下的千古佳作。

诸葛亮提到的"揽二乔于东南兮，乐朝夕之与共"，原句其实是"连二桥于东西兮，若长空之蝃蝀"，是说铜雀台东西两侧有桥连接，就像天上的彩虹。可诸葛亮在转述的时候，故意玩了个谐音梗，变"桥"为"乔"，暗指曹操有意染指大乔和小乔。大乔是周瑜死去的挚友孙策的妻子，小乔是周瑜自己的妻子，周瑜哪里听得了这种话？所以，周瑜明知诸葛亮是在激他，还是上当了。

那么，在真实的历史中，曹操修建铜雀台，真的是打算"揽二乔"吗？客观地说，这只是小说家的夸张表现手法。事实上，赤壁之战发生在建安十三年（公元 208 年），而《铜雀台赋》写于建安十七年（公元 212 年），所以，铜雀台和赤壁之战没有什么关系，而"江东二乔"也根本不是促成东吴联合刘备抗曹的主要原因。

群英会蒋干盗书

——周瑜的演技上线了

周瑜与诸葛亮谈妥后，第二天就风尘仆仆地从柴桑赶回去见孙权。

孙权见到周瑜，一颗心才略略安定下来，他从来没有忘记过兄长孙策临终前交代的话：内事不决问张昭，外事不决问周瑜。

周瑜果然给了他一个痛快话——周瑜坚决地站在主战一方。

这下，整个江东朝堂分成了张昭所率领的主和派与周瑜所率领的主战派。

周瑜据理力争，陈述了抵抗曹操的必要性。张昭的脸色顿时变得很难看，既气他与自己持不同意见，又恼他骗了自己。

周瑜见张昭脸色难看，也不辩解，只是沉着脸色，“唰”的一声抽出佩剑，说：“曹操名为汉相，实为汉贼，他早就想篡汉自立了，又岂是我们投降就能够解决问题的？主公手握父兄留下来的基业，占据江东，兵精粮足，正是应该为国家除暴安良，成就一番霸业的时候，怎么能够投降曹贼呢？我等为主公的千秋功业万死不辞！”

周瑜麾下的武将们个个摩拳擦掌，高声叫好。孙权也被激起了一腔热血，他抽出佩剑斩下前面的案角，说：“张绣、袁绍、吕布、刘表，这一个个都被曹操所灭，就剩下我江东了，可见投降也不会有什么好下场！我绝不会眼睁睁地看着父兄创下的基业在我手中葬送！我与曹贼势不两立，不死不休！谁要是再说丧气话，下场就和这个案一样。”

说罢，孙权任命周瑜为东吴大都督，统率东吴全部兵马攻打曹操，并将自己的佩剑递给周瑜，下令道：“公瑾，这把宝剑赠予你，谁要是不听你的号令，可以直接诛杀，不必奏我！”

周瑜郑重地接过宝剑，辞别孙权后连夜回军营，持宝剑调兵遣将，驻军三江口，随时等待与曹操的大军展开厮杀。

曹操派来劝降的使臣直接被周瑜下令推出去斩了，气得曹操连夜督促战船开赴三江口列阵，准备开战。

在没有见到曹操水军之前，周瑜想当然地认为北方人不熟悉水战，也许在船上连站都站不稳，谁知当他亲自观阵之后，不由得倒吸一口凉气，曹操的大军军容整饬，训练有素，艨艟战舰绵延三四百里，背后必然有高人指点。

仔细一打听，原来是刘表帐下的蔡瑁、张允等将，撺掇刘琮一起降曹之后，替曹操训练起了水军。

周瑜不齿地骂道：“败类！”

鲁肃愁眉不展地说：“蔡瑁、张允常年在荆州居住，都是水战高手，经验丰富，有这两个人帮曹操，我们迟早会有大麻烦！”

“除掉他们不就行了？”诸葛亮轻摇羽扇款款而来。

周瑜顿时眼前一亮，问：“我也是这样想的。依先生高见，该怎么除掉这二人呢？”

诸葛亮故作神秘地一笑，说：“周都督只管耐心等待，自会有短命的鬼来送人头。”

鲁肃还想再问，不料诸葛亮不等他开口就摇着羽扇款款离去。江风吹起他的袍子，飘飘然，仿佛要羽化登仙。

周瑜神色复杂地盯着诸葛亮离去的背影，自言自语道：“他是不是在故弄玄虚？”

鲁肃则是一脸老实地说："依我看，不是，他确实有点鬼神莫测的本事……"

几天后，坐在大帐中处理军务的周瑜，等来了一个故人。他的名字叫蒋干，曾经是周瑜幼时的同窗，如今在曹操的手下做个微末小官。

周瑜心下了然：蒋干这一趟，十有八九是来劝降的。正好他也想从蒋干嘴里掏出点有用的消息，于是他迅速吩咐左右几句，左右各自领命而去。

不一会儿，周瑜领着锦衣花帽的从者数百，出现在大帐前，等候蒋干的到来。一看到蒋干，周瑜立刻热情地迎上去，挽住蒋干的胳膊，说："哎呀，老友，好久不见啊！"说着话，就拉蒋干一同进入大帐内。

这蒋干确实是来者不善，他此行的任务就是刺探东吴的情报。

前几日，曹操因为不知如何对付周瑜而愁眉不展时，蒋干主动请缨，要去说服周瑜投降。他自以为凭着他和周瑜读书时的深厚情谊，又有着三寸不烂之舌，一定能说服。可他万万没想到，自己这一去，就要被昔日的同窗玩弄于股掌之间了。

周瑜拉着蒋干一同坐下后，说："子翼，我们有多久没见了？听说你在曹操手下做事，你今天突然来，不会是替曹操当说客的吧？"

蒋干心里一惊："周瑜这么聪明？一下子就猜到我的来意了？"

看着蒋干调色盘一般的脸色，周瑜旁边的文臣武将都在心里暗暗笑话他："就你那点心思，全写在脸上了，只要不瞎的都看明白了。"

周瑜心照不宣地使个眼色，下属们都收住笑容，且看蒋干如何出丑。

蒋干咳嗽一声，稳了稳自己的心神，微笑着嗔怪周瑜："公瑾啊，许多年不见，你说话还是这么直！我是听说你来了三江口，特意来找你叙旧的。你要是怀疑我动机不纯，那我只好走了。"说着，蒋干就佯装起身要离开。

周瑜一把扯住蒋干的胳膊，说："哎呀，子翼，开个玩笑嘛，着什么急？"一边说着话，一边强硬地将蒋干按回座位上。

然后，周瑜转向众人，给众人介绍了一下蒋干，重点强调了一下他不是曹操的说客，还将自己的佩剑交给太史慈，嘱咐道："太史慈，你来做今日宴席的监酒官，我宴请贵客，只谈朋友交情，关于打仗的事，我一个字也不想听。今日的宴席上，谁要是坏了这个规矩，你拿我的佩剑直接斩了他！"

太史慈听话地上前接过周瑜的佩剑，默默站到一旁，眼观鼻，鼻观口，口观心，仿佛入定似的。可蒋干悄悄瞥了他一眼，直接吓出了一身汗。

周瑜今晚仿佛格外地开心，一杯接一杯地饮酒，喝得又猛又快，都不用蒋干来劝，他就把自己灌了个半醉。而后，他使劲睁大惺忪的眼睛，含糊不清地大叫："拿我的琴来！我要给子翼弹一曲！子翼，你说我的琴弹得好不好呀？"

蒋干不知道周瑜是真醉还是假醉，只得顺着他的意思称赞道："周郎的琴艺谁人不知呀！我上次听你弹琴已经是很多年前的事了，没想到今天还能有幸再次聆听。"

周瑜笑着说道："今日旧友重逢，我实在高兴！自当弹琴助助兴！"

不一会儿，古琴就准备好了。周瑜挽起战袍在琴前坐下，修长的十指轻抚琴弦，一阵悠扬婉转的乐曲如流水般倾泻而出。蒋干歪着脑袋闭眼聆听，如痴如醉。可很快，他就听出了曲子中混杂的几个错音，蒋干忍不住在心中暗暗发笑："看来他是真醉了。"

一曲终了，众人还没有从陶醉中清醒过来，周瑜就笑着发问："子翼，我的琴艺有没有退步啊？"

蒋干连忙拍手叫好道："好啊！好啊！公瑾，你的琴艺越发精进了！"

"那是自然！我若不在江东从军，这辈子一定是伯牙那般的人物！"周瑜故意摇摇晃晃地站起身来，大言不惭地吹嘘自己的音乐才华，又用手依次点着东吴众官员，问："你们说，我的琴艺厉害不厉害？"

众人都出声奉承，生怕一个不如意周瑜就生气了。蒋干更加相信周瑜是真醉了。

突然，周瑜晃到蒋干的身边，一把揪起他的衣领，直接把蒋干揪得双脚离开了地面，

那不知轻重的样子，将蒋干吓了一大跳。

旋即，周瑜又笑着把蒋干放下，继续扯着他的胳膊拉到大帐外，指着不远处巡逻的军队，笑着问："子翼，你来看看我的军队，如何呀？"

"甚为壮观。"蒋干擦了擦额角的汗，回答说。

周瑜又拽着他到大帐后面，指着另一处堆积如山的粮草，问："我的粮草如何呀？"

"充足得很。"蒋干苦笑着说。

周瑜又一手叉腰，一手指着大帐内的江东群豪，大笑着问："子翼啊，你看我江东兵多将广、粮草充足，我的帐下人才济济、群英荟萃，他们中的任何一人，都能把曹操杀得人仰马翻。曹阿瞒，他拿什么和我斗？"

蒋干心中大惊，不料周瑜又一把拽住他，脚步踉跄地返回大帐。周瑜从太史慈手中夺过佩剑，"唰"地随手舞出一个剑花，下个瞬间，剑尖直指蒋干的喉咙，吓得蒋干面色如土，失声大叫："公瑾，这是干什么？"

周瑜大笑着收回了剑，顺势开始舞剑高歌："丈夫处世兮立功名；立功名兮慰平生。慰平生兮吾将醉；吾将醉兮发狂吟！"

舞罢，他笑着问蒋干："子翼，你看我的剑舞得如何？"

"好……好得很……自然……是好得很……"

周瑜使劲拍了拍蒋干的肩膀，差点让心虚的蒋干委顿在地。周瑜只假装没看见，转身对东吴众文臣武将说："天色已晚，今天就到这里吧。"

众人起身告辞，将舞台留给周瑜和蒋干。

周瑜大声吩咐侍从道："给我和子翼准备床褥，今晚我俩要同榻而眠，就像当年求学时一样。"

蒋干预感事情正在向不可预知的方向发展，空气中隐隐弥漫着危险的味道，他刚想找个借口开溜，就被周瑜紧箍着胳膊，半拖半拉地扯进了歇息的帐内。

周瑜进门就吐了一地，然后倒在榻上呼呼大睡。蒋干强忍着恶心，给周瑜脱掉靴子，在床脚寻了块地方勉强躺下。

耳边听得营帐外静谧无声，唯有更鼓阵阵响起，和着周瑜此起彼伏的呼噜声，蒋干的心却愈加清明，今天一点收获都没有，他哪里睡得着？

蒋干闭着眼睛强迫自己躺到二更天，就再也躺不下去了。他悄悄爬起来，借着微弱的烛火看向一旁的周瑜——犹自愉快地酣睡着，呼噜声震天，对蒋干的小动作浑然不觉。

蒋干悄悄摸下床，踮起脚尖缓步挪动到书案前，那里堆放着一摞文书。蒋干一边翻文书，一边留意床榻上周瑜的动静。翻了半天也没发现什么要紧的东西，正打算放弃时，忽然发现书案下方还藏着一只暗匣。他轻轻拉开匣子，就看见了藏在里面的一封密信，那信封上赫然写着：蔡瑁、张允谨封。

蒋干激动得一颗心差点从嗓子眼里蹦出来，心中暗喜："我的乖乖！这是合该我蒋干要立功呀！"

他轻手轻脚地将密信藏进衣服中，贴身放好，正打算再翻翻看，还有没有别的收获时，忽然就听见周瑜说了一句梦话："子翼……子翼……我过两天给你看个好东西……你一定猜不到……是曹操的脑袋！哈哈……"

蒋干吓得魂飞魄散，僵立当场。半晌没有听到动静，这才大着胆子偷偷向床上望了一眼——周瑜翻身向里，睡得正酣。

蒋干不敢再翻找了，蹑手蹑脚返回床上躺好。不一会儿又听见周瑜大喊大叫起来，嘴里呓语着什么"里应外合""杀曹操""必死"之类的梦话。

蒋干的心提在嗓子眼儿，有心问周瑜一些细节，却被周瑜手脚乱舞一拳挥打在胸口。

蒋干只得躺回床榻上，睁着眼睛一直挨到四更时分，忽然听到帐外传来脚步声，蒋干急忙闭上眼睛装睡着。

"都督，醒了吗？"脚步声靠近床榻后，一个声音轻声问道。

周瑜这才从梦中醒来，翻身坐起，伸个懒腰，说道：“昨晚喝多了，竟然一觉睡到现在，好久没睡过这么踏实了。”

蓦地，他好像是突然才发现睡在一旁的蒋干似的，惊问出声：“他怎么睡到了我的榻上？”

来人轻声回答说：“是昨晚您吩咐小的安排蒋先生和您一起睡。”

周瑜语气懊恼地说：“坏了，也不知道我昨晚有没有说梦话，我这个毛病真是要命！要是被他听了不该听的……那就糟了！”

周瑜仿佛是突然想起来似的，转头问来人：“天还没亮，你找我有什么事？”

“都督，江北来人了……”

“嘘！”周瑜制止了来人接下来的话，小声喊了蒋干几句，见蒋干没有回应，这才对来人说，“走，到外面说去！”

周瑜迅速起身，同来人一起走到帐外。榻上的蒋干这才长长喘了一口气，刚才吓得他呼吸都停了，险些憋死过去。

他瞥了一眼帐外，随即也轻手轻脚地下床榻，耳朵贴过去偷听。此时的他立功心切，也顾不上想被周瑜发现是什么下场，一门心思想知道蔡瑁、张允和周瑜之间究竟有什么勾当。

只听周瑜怒问：“为什么还不动手？他们在等什么？”

一人答道：“蔡将军和张将军说，曹贼防范严密，他们也在找机会下手，三天之内必能成事。”

后面的话，周瑜压低了声音，蒋干一个字都听不清了。不过这已经足够了，他马上躺回榻上，继续装睡。

不一会儿，周瑜又回到帐中，轻声喊了几声“子翼”，蒋干装睡不搭腔，周瑜这才放心地躺下。片刻之后，周瑜的呼噜声重新响起。

蒋干根本睡不着，他寻思着：“周瑜是个心细的人，万一他一会儿想起这封信，找不到，必然会怀疑我。”

想到这里，他再也躺不下去了，果断轻轻起身，穿好衣服，趁着天还没亮，急匆匆地离开周瑜的大帐。

出营门时，被负责值夜的军士拦住了，蒋干只说自己是周瑜的朋友，有急事要回去，便没有人阻拦。蒋干因此一路畅通无阻，顺利乘船回到江北。

“丞相大人，丞相大人啊！”蒋干一入曹营辕门便大喊大叫起来，曹操的护卫怒斥道：“你疯了吗？吵醒丞相大人，你还有脑袋吗？”

蒋干说：“快去禀报丞相大人，我有十万火急的情报！丞相大人听了保证不会生气！”

曹操被人从被窝里扶起来，一肚子起床气，但听说是重要情报，立刻召见了蒋干，当头就问：“什么情报？你把周瑜说服了？”

“并没有。但……”

“但什么但……事情没办好，还有脸回来见我？”

“丞相大人，请屏退左右！有十分机密的事禀报！”

瞥一眼四下无人，蒋干便凑近曹操身边，从怀里掏出那封密信，并将昨晚的事一一说了。曹操接过密信来拆开一看，上面清楚地写着蔡瑁、张允与周瑜密谋的经过，直接气到拍桌子。他连声传令：

“去！快去！把蔡瑁和张允给我喊来！”

蔡瑁、张允自从降曹以后，干活很卖力气，天还没亮，他们哥俩就已经开始替曹操练兵了。来到曹操面前时，二人身上的盔甲齐全，脸上一片喜气，还以为丞相要夸奖他们呢。

曹操笑着问他们：“二位将军，水军训练得怎么样了？明天可以出征吗？”

蔡瑁立刻回答说：“启禀丞相大人，水兵还没有练好，不能轻易出兵。急于上战场的话，恐怕战斗力无法令您满意。”

曹操脸色一变，狞笑着问：“那还需要多少日子啊？是不是等着我的项上人头搬家了，你们就准备好了？”

蔡瑁和张允听着话锋不对，立刻“扑通”一声跪在地上，都不知道自己怎么得罪了曹操，只能沉默不语。

曹操却以为他们是事情败露后无话可说，直接冷笑两声，对护卫说：“将他们拉出去砍了！”

蔡瑁、张允二人吓得魂不附体，连声追问：“丞相大人，我们犯了什么错啊？”

曹操懒得搭理。

护卫押着他们领命而去，不一会儿的工夫，就提着两人的脑袋回来，呈给曹操看。

曹操这时才猛然醒悟过来——好像上当了！

周瑜：被耽误的音乐家

在本回中，周瑜装醉弹琴戏弄蒋干，大家看得还过瘾吗？在真实的历史中，周瑜不仅是一位优秀的政治家、军事家，还是一位被耽误的音乐家。

周瑜的音乐才华被记载在史书《三国志》中，作者陈寿说周瑜的音乐修养极深，耳力也极好。若是有人在周瑜面前弹错音，即便他喝醉了，也能立刻分辨出来，还会微笑着提醒演奏者。这就是“曲有误，周郎顾”的典故。据说，当时有周瑜的“粉丝”，为了能引起周郎的注意，故意在他的面前弹错音。

有人可能会问：《三国演义》中写了很多有音乐修养的政治家，除了周瑜，诸葛亮、司马懿等人也都会弹琴，弹琴就好像是当时能人的标配一样，这是为什么呢？

这是因为，自周代开始，“乐”作为“君子六艺”之一，是贵族学子必须掌握的基本技能。文人雅士喜欢借“乐”来陶冶性情，音乐修养被摆在极为重要的位置。

再说回周瑜，他出身高门望族，年少成名，文武兼备，是孙策、孙权割据江东的重要功臣之一，本身就是一个非常完美的人设，再加上“通音律”这个加分项，难怪后世有那么多被周瑜迷得神魂颠倒的“粉丝”了。

南宋的诗人范成大曾为周瑜赋诗曰：“年少曾将社稷扶，三分独数一周瑜。世间豪杰英雄士，江左风流美丈夫。”

诸葛亮草船借箭

——嫉妒令周瑜面目全非

细作打探到曹操中计，斩杀了蔡瑁和张允的消息后，回报给周瑜。周瑜听说后心花怒放，喜不自胜。可笑着笑着，他脑海中突然闪现出诸葛亮的身影，笑容顿时凝固在脸上。

“鲁肃曾言，诸葛亮尽知我计谋。诸葛亮如何知道我会借蒋干将计就计？难道他真的神机妙算？”

心里这样想着，周瑜脸上的神色不免有些难看起来，自言自语道：“诸葛亮这个人，留不得了。我得找个机会除掉他，否则必成大患！”

鲁肃一下子紧张起来，说：“公瑾，你现在动诸葛亮，只会称了曹操的心意。咱们好不容易结成孙刘联盟共同抗曹，在这个节骨眼儿上可万万不能生出嫌隙。”

周瑜的眼中闪过一缕不易察觉的冷意，对鲁肃却是儒雅一笑，说：“子敬放心，我是什么样的人你知道。”

鲁肃连忙点头，奉承他道：“自然，公瑾你是一个光明磊落的伟丈夫……”

周瑜不接鲁肃的话茬，自顾自地说：“我会找一个正大光明的借口除掉诸葛亮，不会让刘备有机会撕毁盟约。”

鲁肃瞠目结舌，半晌才开口劝道：“公瑾，这样不妥，不妥啊！”

“大丈夫怎么能有妇人之仁？”周瑜玩味地一笑，“子敬，你不会分不清敌我利弊吧？”

鲁肃哑口无言。当天晚上，鲁肃就去诸葛亮那里打探情况，见到诸葛亮那张清朗舒俊的面孔时，他忍不住透了一点口风，提醒诸葛亮提防被周瑜揪住小辫子。

诸葛亮听了之后满面愁容，故意埋怨道：“子敬，当初我主公就不同意我来，是你非要我来。要不是你硬拉我来江东，我又哪里会有这场杀身之祸呢？”

鲁肃一窘，替周瑜辩解道：“公瑾他不过是有些意气用事……”

“他这是心胸狭隘，于我、于他恐怕都不是什么好事啊！”诸葛亮打断鲁肃的话，摇着羽扇，目光掠过滔滔江水，延伸向烟雾氤氲的远方。

第二天，诸葛亮果然收到了周瑜的请帖。他全无惧色，一个人潇潇洒洒地来到中军大帐中赴会。周瑜心中暗喜，假装眉头紧锁地大声斥责下属：“水战急需箭，却因为你们督造不力，导致现在军中无箭可用。来啊，给我推出去斩了！”

诸葛亮微微一笑，伸出羽扇阻拦周瑜，说：“周都督，何必火气这么大呢？”

周瑜见诸葛亮主动往自己的圈套里钻，心里得意，继续“表演”。他说：“卧龙先生，军中箭不够用，这可如何是好？”

说着，他做出眼前一亮的样子，拜托诸葛亮道：“不知可否能劳烦先生来监督造箭的一应事宜，这并非我个人所请，而是公事，还请先生万万不要推辞。”

诸葛亮了然于心，笑着说：“既然是都督所托，我自然愿意尽一份力，替您解决这个麻烦。”

周瑜进一步下套道：“我们军中需要的箭可不是个小数目，是整整十万支箭。而且军中的事都是大事，先生若是答应了，就不能开玩笑。”

诸葛亮泰然道：“我知道，军中无戏言。我可以给都督立个军令状，如果在规定时

间内交不出十万支箭，甘愿受军法处置。”

“先生需要几天时间？”

“都督希望几天？”

“最多十日。”

“十日？白白贻误战机！”诸葛亮大笑，随即伸出三根手指，在周瑜面前一晃，“最多三天。”

“什么？”周瑜不相信自己的耳朵，又问了一次。

确认没有听错，周瑜当即叫来军政司写下军令状。他的心里又是高兴又是惊讶又是轻蔑：“这诸葛亮忒轻狂自大了！简直是在自寻死路！”

“要是三天之后，先生交不出十万支箭，怎么说？”周瑜皮笑肉不笑地问。

诸葛亮说：“三天后交不出箭，亮愿交上自己项上人头。”

鲁肃闻言变色，出言制止说：“孔明，你不要胡说！这可不是闹着玩的！”

诸葛亮端起面前的酒杯一饮而尽，在周瑜递过来的军令状上签下自己的名字，而后站起身来，一甩袍袖潇洒离去。

周瑜开心地大笑起来，一连饮下三杯酒。

鲁肃的脸色很难看，忍不住埋怨道：“公瑾，你这样做，是不是太过分了？十万支箭，三天造出来，这不是摆明了要杀诸葛亮吗？”

“是，我就是要杀他，”周瑜脸不红心不跳地说，“今日不除掉他，日后我江东必然为他所灭。子敬，你宅心仁厚，不理解也没关系。这种事情就让我来做，为了主公，我什么都不在乎。”

周瑜又补了一句：“是他自己主动送上门，我为什么要放过他呢？就让他来为我东吴大业出一分力吧！”

周瑜相信鲁肃一定能想通，也一定会和他站在同一条船上。所以，他吩咐道：“我

很想知道诸葛亮怎么在三日之内造出十万支箭，不如子敬这几天就去帮我盯着他吧。”

鲁肃只得领命去见诸葛亮，他想破脑袋，也不知道诸葛亮的葫芦里卖的什么药，所以内心也十分想一探究竟。

谁知道诸葛亮一见他的面就唉声叹气道：“唉，子敬，这可怎么办才好啊？周瑜要杀我，无论我能不能造出箭，都难逃一死啊！”

鲁肃气得直跳脚，他以为诸葛亮敢夸下海口，一定是有了万全之策，当下就忍不住怪他道：“没把握你吹什么牛啊？我刚刚都制止你了，你为何不听呢？”

诸葛亮苦笑道：“周瑜都把我架到那了，我又如何能不答应呢？”

鲁肃无语，诸葛亮突然拱手道：“子敬，现在能救我的只有你了。”

“你自己夸下海口，叫我如何救你？”

诸葛亮说：“子敬，我不要求你做别的，你若真的有心帮我，就悄悄帮我安排二十艘船。每艘船上安排三十名士兵，再用青布罩住所有船只，叫人看不清楚里面就行。最后再准备千余个草人，插在这二十艘船只的两侧。”

“你造箭不要翎羽、胶漆、竹材和工匠，要船和草人做什么？你到底在搞什么名堂？”

“哎呀，子敬啊，你别问那么多，听我的就是了。你要是不帮我，那三天后就等着替我收尸吧！到时候你别忘了给我主公送个丧信，就说诸葛亮这条命折损在江东了……”诸葛亮愁眉苦脸地念叨着。

“好好好，我给你安排！”鲁肃答应着。

“你记得啊！这些安排可不能告诉周都督啊，你要是告诉了他，我就死定了。”诸葛亮吩咐说。

“好，我记住了。你和周都督都是鬼主意多，你们神仙打架，就把我蒙在鼓里！”

尽管鲁肃抱怨不休，但还是马上按照诸葛亮的要求，悄悄为他将一应事物准备齐全，

然后回去向周瑜复命了。

虽然他不知道诸葛亮要船究竟是什么意思，但确实信守承诺，没有将船只和草人的事情告诉周瑜，只说了诸葛亮不要翎羽、胶漆、竹材等物。

周瑜听得满头雾水，只得让鲁肃去继续探听。

第一天，诸葛亮一点动作都没有；第二天，诸葛亮还是一点动作也没有。他这两天不是喝茶、写字，就是读经、弹琴，有时候还仰望星空整夜发呆。鲁肃学着他的样子朝天幕望去，只觉得星辰闪烁，别无异样。

“你不懂。谋事在人，成事在天。计划成不成，要看老天爷的脸色呢。”诸葛亮悠悠地说道。

鲁肃担心地问：“孔明，你究竟是怎么想的？明日就是第三天期限了，你的十万支箭连一星半点儿都没有，你还有闲工夫在这看天象呢？”

诸葛亮仰天大笑，说：“子敬，着什么急呢？明天自然有人给我送箭，足足十万支箭！”

鲁肃看着胸有成竹又神秘莫测的诸葛亮，感受到的不仅是谋略上的碾压，更有智力上的侮辱。这种感觉在第三天夜晚的四更时分更强烈了，因为诸葛亮将他请到船中要去游江。

鲁肃心里只剩下无语了。两军隔江对垒，大战一触即发，这个节骨眼儿上，诸葛亮半夜不睡觉拉他去游江？这家伙莫不是被十万支箭的压力逼疯了？

诸葛亮笑吟吟地扯住鲁肃的袖子，把他拉上一艘青布盖着的小船上，船舱中有一只小几，上面摆着几样素雅的小菜和一壶酒，旁边还放着棋盘和古琴。

“这……你叫我来到底是什么意思？”鲁肃登时一头雾水。

“子敬，不要问那么多，时候到了自然就知道了。深夜游江，没有美酒相伴怎么行呢？子敬快请坐。”诸葛亮坐在主位上，把鲁肃让到客位上。

船只缓缓离开岸边，诸葛亮斟满一杯酒，举起来对鲁肃说：“子敬，我先敬你一杯，感谢你多日来看顾我，更感谢你今夜陪我去取箭。”

鲁肃纳闷地问：“箭在哪里？”

诸葛亮还是一副神秘莫测的样子，并不搭话，鲁肃只得端起酒杯来一饮而尽。他透过船舱往外看去，在他们的船后面跟着数艘小船，都是青布遮挡，每艘船的两侧都插满草人，那二十名士兵只负责划船——正是几天前诸葛亮央求他给安排的。

鲁肃刚想开口问，又被诸葛亮截住了话头，他说：“子敬，你先别问。我对你的安排十分满意。你就相信吧，十万支箭说来就来！”

鲁肃被堵得心塞，略带讥讽地问：“从哪儿来？天上掉下来吗？”

诸葛亮轻摇羽扇，指了指舱外的江面，说：“天上自然是不会掉了，所以我们去向曹操借。”

鲁肃这才注意到，他们的船队正朝着江北曹操大营的方向驶去，不由得脸色一变，说：“孔明，你疯了！你要去送死吗？”

诸葛亮笑着安抚他，说：“子敬，少安毋躁。你看，起雾了。”

鲁肃转头看向舱外，江面果然升起了浓雾，不一会儿，就连一射之地都已经看不清了。二十艘船早已被诸葛亮下令用长索连在一起，此时如梭般快速在水面上穿行，很快就接近了曹操的水军大营。

“别再往前了！都能看到曹营的灯火了！”鲁肃面露惧色，“你就不怕曹操派兵出来围剿我们吗？”

诸葛亮笑着说：“子敬啊，你把心放回肚子里。雾这么大，曹操一定不敢派兵出来。我们只管饮酒取乐，等雾散了就回去。”

说完，他传令下去，命二十只船东西方向一字排开，正对着曹军大营，而后又叫躲在船舱内的军士一边擂鼓，一边呐喊。

对面的曹军大营显然已经发现了敌情，松油火把陡然增加了许多，一排排艨艟快艇蓄势待发。

但曹操出来观望一番后，果然不敢出战。这江上的雾气已经浓到伸手不见五指的程度，敌军来了多少人都不清楚，还怎么出战？他当即调派了一万多名弓弩手，吩咐他们只管朝着江中擂鼓的方向射箭。

江中船上的鲁肃，只听见空气中传来"嗖嗖嗖"之声，紧接着，箭如雨点一般破空而来，狠狠地扎在船一侧的草人上。他等了片刻，也不见曹军有出兵围剿的打算，躁动的心这才缓缓安定下来。

诸葛亮一脸笑意地递给他一杯酒，说："子敬，来，咱们喝酒！"

鲁肃一口饮尽后，长长舒了一口气，才接话道："这顿酒差点儿就成了壮行酒！"

"少说丧气话，你看！"诸葛亮抬手敲了敲船舱，接着说，"这不就向曹操借到箭了吗？"

到此时此刻，鲁肃才恍然大悟，连连称赞："妙！妙啊！孔明，你太厉害了！"

诸葛亮笑着举起酒杯，说："子敬，来！再饮一杯压压惊！"

鲁肃哪还有心思喝酒，只是惊喜地追问："孔明，你……你怎么知道今晚有大雾？"

诸葛亮颇为自得地笑着说："我诸葛亮神机妙算，有什么事算不出来？身为将领，若不通天文，不识地利，不知奇门，不晓阴阳，不看阵图，不明兵势，那只能算是庸才。而我不仅能算出今天的大雾，还算到了周瑜打算如何置我于死地——他不管是让我三天完成，还是十天完成，只要他在工匠和物料上做手脚，我就必死无疑。这明明白白就是要杀我啊！可我的命是上天所管，哪轮得到他周瑜来害我呢？"

鲁肃见他又是这副胸有成竹、高深莫测的样子，也歇了打听的心思，只陪他喝喝酒、聊聊闲天。

船舱外，曹军的箭不要钱似的疯狂乱射；船舱内，诸葛亮和鲁肃谈笑风生，好不快活。

过了半个时辰，估摸着半个船身已经插满了箭，诸葛亮又令人小心掉转船头，把没有插箭的那一面正对着曹军大营，继续受箭。一旦曹军射箭的速度慢下来，诸葛亮就命军士使劲擂鼓骂阵。

鲁肃拍着舱板大笑道：“哈哈哈哈，曹操这下可算是做了赔本买卖了！等明天再用这些箭来射曹军，他不得气得吐血啊！孔明啊孔明，你太聪明了！你的智慧，连神仙都不及啊！”

五更将过时，诸葛亮带来的二十艘船上全部扎满了箭，活像一只只硕大的刺猬，坠得船身摇摇晃晃。诸葛亮一看天快要亮了，连忙下令军士们掉转船头返回江东。临行前，他让军士们齐声大叫：“谢谢曹丞相赠箭！谢谢曹丞相赠箭！”

等到曹军营寨将这话报给曹操，曹操出来查看时，诸葛亮的草船早已经远在二十多里之外了。

此时，太阳微微升起，江上大雾稍散，影影绰绰露出了船影。曹操登上高处一看，顿时怒不可遏：“怎么回事？怎么只有二十只船？为什么不追？”

曹军先锋急忙驾着艨艟快艇去追，可哪里还能追得上诸葛亮呢？他们顺风顺水，直接一溜烟儿的工夫就回到了东吴大本营，一兵一卒都未损伤。

船靠岸后，诸葛亮派人去请周瑜来搬箭。

周瑜赶到江边，被眼前的一幕惊呆了。只见二十只船上密密麻麻地插满箭，无数士兵正在往下拔箭，不一会儿，就在江边堆起了二十座小山。

“周都督，够十万支吗？”诸葛亮笑着问。

周瑜面色铁青，从牙缝中挤出了两个字——“够了”。

诸葛亮仰天大笑道：“哈哈哈哈！甚好！甚好！我已经交差，脑袋算是保住了！”说罢，就施施然离开了。

鲁肃在周瑜耳边讲述了借箭的经过，周瑜的脸色比纸还苍白，他沉默良久，才从胸

中吐出一口浊气，缓缓说：“诸葛亮神机妙算，我不如他！罢了，先留着他的命，一起谋划对付曹操吧。”

鲁肃道：“公瑾，你能这样想，实在是太好了。”

古代计时单位科学又有趣

在本回中，诸葛亮草船借箭的时间是晚上，四更时出发，五更将过时返回。大家都知道，“更”是古代常用的夜间计时单位。那么，更又是如何细分的呢？

古人把黄昏到第二天拂晓这一整个夜间分成五个更次，用更鼓报时，所以叫作五更。

一更相当于现在的19点至21点，名“黄昏”。此时的太阳已经落山，人还在活动。但在有些朝代，一更鼓响就意味着城门关闭了。

二更相当于现在的21点至23点，名“人定”。此时的夜色已深，人们已经停止活动，开始安歇了。人定，也就是“人静”的意思。

三更相当于现在的23点至次日1点，名“夜半”。三更在子时，是一夜中最为黑暗的时刻，也是新旧日期交替的时刻。

四更相当于现在的1点至3点，名“鸡鸣”。此时已经开始有鸡打鸣了，但仍属黑夜，是人们睡得最沉的时候，一些偷偷摸摸的事都选择在这个时刻去办。

五更相当于现在的3点至5点，名“平旦”。此时黑夜即将过去，白昼即将到来，人们逐渐从睡梦中清醒，开始迎接新的一天。

除了更，古人还有很多表示时间的说法，比如“刹那”“弹指”“瞬间”等，它们都是常用的计时单位，表示极短时间。有趣的是，这三个词都是从印度传来的佛教用语。根据佛教典籍《摩诃僧祇律》中记载：一刹那者为一念，二十念为一瞬，二十瞬为一弹指，二十弹指为一罗预，二十罗预为一须臾，一日一夜有三十须臾。按照一日一夜为24小时，可以推算出：一须臾是48分钟，一罗预是144秒，一弹指是7.2秒，一瞬间是0.36秒，一念和一刹那均为0.018秒。

这种计时单位，科学中散发着浪漫气息，是不是很有趣呢？